◆▶ 中国文学名家散文精选丛书

守住自己的原色

沈岳明　著

江西高校出版社
JIANGXI UNIVERSITIES AND COLLEGES PRESS

南　昌

图书在版编目（CIP）数据

守住自己的原色 / 沈岳明著 . -- 南昌 : 江西高校
出版社 , 2025. 6. -- (中国文学名家散文精选丛书).
ISBN 978-7-5762-5631-4

Ⅰ . I267

中国国家版本馆 CIP 数据核字第 202485PD79 号

责 任 编 辑　金　棣
装 帧 设 计　夏梓郡

出 版 发 行　江西高校出版社
社　　　　址　江西省南昌市新建区工业二路 508 号
邮 政 编 码　330100
总 编 室 电 话　0791-88504319
销 售 电 话　0791-88505090
网　　　　址　www. juacp. com
印　　　　刷　鸿鹄（唐山）印务有限公司
经　　　　销　全国新华书店
开　　　　本　650 mm×920 mm　1/16
印　　　　张　13
字　　　　数　160 千字
版　　　　次　2025 年 6 月第 1 版
印　　　　次　2025 年 6 月第 1 次印刷
书　　　　号　ISBN 978-7-5762-5631-4
定　　　　价　58.00 元

赣版权登字 -07-2024-1065

目　录
CONTENTS

第二辑
无成竹天地宽

第三辑
一种经历，两种人生

第四辑
穷人和富人只在一念之间

第一辑

能帮助你的人

　　有一位名叫弗里特的美国人，决心独自穿越美洲大沙漠。在出发之前，弗里特便将一切困难都设想了一遍。甚至还将困难放大了几倍来做准备工作，光准备工作便做了两年。

　　他的所有随身携带的物品都是经过精心制作的，他的服装是防沙尘暴服装，他的食物是高营养浓缩而成，全都装在牙膏型管状物里，不但食用方便，而且保质期长。还有两大罐优质饮用水，两头骆驼，一头供他坐骑，一头背上足够他生活半年的日用物质。可预计这次穿越沙漠的最长时间才 20 天。除足够的生活物质外，弗里特还带有一把锋利无比的长刀，那是用来跟沙漠里的巨蟒搏斗的；一部手机，那是用来跟直升机联系的；一把手枪，那是防止手机没信号时，用来跟越野车联系的。

　　另外，弗里特的父亲，一家轮船公司的董事长，决定亲自率船队等在沙漠的出口迎接；弗里特的姐夫还买了一辆性能极佳的越野车，以五公里的距离跟在弗里特的身后，只要听到弗里特的求救枪声，越野车便极速赶到营救。还有弗里特的舅舅，他驾驶着一架直升机也随时待命，只要接到弗里特的手机求救信号，便立即赶过去。

刚开始进入沙漠时，弗里特感觉到很顺利，由于准备充足，他甚至觉得这次沙漠之行根本就与冒险无关，他感觉到就好像独自去一趟外婆家那样平常。特别是想到有这么多的人在帮助他，他的心里便没了一点怯意。他甚至想让自己舒服一点，而没有穿上那套特制的衣服。可是，就在进入腹地的第二天，弗里特遭到了百年不遇的强烈沙尘暴的袭击，越野车还来不及听到枪声便疯狂地冲进了沙漠。而直升机也在没有接到任何信息的情况下，开始了对沙漠全方位的搜索。

　　几乎将沙漠翻了个底朝天，人们只从沙堆里发现了弗里特的两头骆驼，和弗里特随身携带的所有物品，包括弗里特还未来得及穿上身的特制服装。毫无疑问，弗里特死了，而且连尸体都找不到了。弗里特很可能在遭遇了沙尘暴之后，又遭遇了沙漠巨蟒，他成了巨蟒的一顿美餐。没想到如此周密的沙漠之行计划都失败了，弗里特家族一片悲声。可现实是无法改变的，弗里特家族不得不接受这个残酷的现实。

　　令人惊奇的是，一年后的一天，弗里特突然生还了。望着衣衫褴褛，蓬头垢面的弗里特，不又是弗里特的家人，就连整个美国都沸腾了。一个人，在没有任何食物和防御工具的情况下，竟然可以独自在沙漠里生活一年时间，这真是一个奇迹！

　　走出沙漠后的弗里特急切地想要跟人们说的，不是他在沙漠里的历险经过，而是这样一种体会：任何人在任何时间都不要去想着别人会帮助你，哪怕是你的亲人和朋友，他们虽然有心帮助你，但却不一定能够帮得到。人生在世，最能够帮到你的人只有你自己！

　　一个在饭店跑堂的年轻人，某个休息日在电线杆上看到一则招工广告。广告上称有多个工种都缺人，并且工价都开得很高，其中有一份在饭店跑堂的工作竟然开出了月薪 4000 元的高价。年轻人心里一动，自己目前的工资才 1000 元多点，如果能去那里工作，一月就能顶现在四个月，那该有多好啊。

　　于是年轻人打通了招工单位的电话，对方称确实有这么回事。当年轻人按照对方提供的地址跑去一看，却不是那么回事了。原来，那家饭店还有不少附加条件，那就是不管是服装还是住宿都是要收费的，各种费用一除掉，每月净剩的还不足 1000 元了。而原来的那家单位吃住服装等都是免费的。年轻人觉得自己上当了，可因为路途遥远，他的身上已没有返回的车费。再说，他已经向原来的单位递交了辞职书，就是回去了，也不一定找得到工作。于是只得接受对方的条件，留了下来。

　　又是某个休息日，年轻人在一处残缺的墙壁上看到了一则招工广告。广告上写的厨师一职的待遇十分诱人，工价是 10000 元。年轻人想，自己已经在饭店跑了这么长时间的堂，每天都看着那些厨师炒菜做饭，早就看熟了，不如去试试运气。这次，当年轻人赶去一看，对方居然是一个非法传销组织。在假装"认真"地听了几天"课"后，年轻人找个机会逃走了。年轻人又踏上了找工之路。这是在一份报纸上看到的消息，这样的消息几乎每天都能从电视报纸上看到。

这样的骗局如果放在旁观者的面前，其实很容易识别，可是，一旦摆在当局者的面前，却能迷惑他的双眼。稍微有一点常识的人都知道，一份在饭店跑堂的工作，月薪是不值 4000 元的。而一个跑堂工，就算当上了厨师，刚开始的月薪也拿不到 10000 元。可是，当局者却看不到这一点。

俄国著名寓言作家克雷洛夫，因为家境贫穷，年轻时都是租房住的，一天，他找到一套旧公寓，想将它租来居住。房东与他签订租赁合同时，附加了这样一个条件。那就是，如果克雷洛夫不小心引发火灾烧了房子，那么他就得赔偿房东 15000 卢布。克雷洛夫看后，一声不吭地提笔在后面加了两个"0"。

房东高兴得惊叫了起来："什么？你真的愿意赔偿 150 万卢布？"克雷洛夫不慌不忙地说："反正我都赔不起！" 15000 卢布跟 150 万卢布，对于当时穷困潦倒的克雷洛夫来说，都是一样的。所以那个合同上的承诺也是不切实际的。

所以说，当一个人的付出与对方承诺的回报相差太大时，就有可能是一个骗局。其实，这样的骗局是很好分辨的，最难分辨的是自己对自己设的骗局！有人要问了：只听说过对别人设骗局的，哪有对自己设骗局的呀？别说，这个世界上还真有这样的骗局！因为在我们的现实生活中，每个人都会有意无意地高估自己的能力，所以这样的骗局有一个特点，那就是对自己的期望值有多高，那么自己对自己设的骗局就有多大！

比如说那个跑堂工，别人请他去当厨师，一个月给他 1 万元，他信了，那么，他给自己设的骗局就是 1 万元。如果别人给他月薪 2 万元，他信了，那么他给自己设的骗局就是 2 万元。如果别人给他月薪 3 万元——他肯定不会信了！而那位房东，他相信克雷洛夫会给他 150 万卢布的赔偿金，那么他给自己设的骗局就是 150 万卢布！这是美国心理学家威廉姆斯的最新定律，他将这种现象定为自己给自己设的骗局！

适时藏起自己的芒锋

　　有一位年轻人，大学毕业后被一家大公司看中，上完第一天班后，他一回到家里便喜形于色地告诉父亲，公司总裁表扬他了。没想到，父亲并没有像他意料中的那样夸奖他，而是神色紧张地问他，总裁先生是怎样表扬他的。年轻人说，总裁先生是这样说的，他说我是公司第一个毕业于名牌大学的毕业生，也是公司花重金聘请来的专家，希望大家多跟我学习。

　　父亲听了连连摇头说："不行不行，总裁先生怎么能这样说呢，你毕竟还是个刚毕业的学生嘛，怎么就成了专家呢？我得去跟你们的总裁先生说清楚，不然真的会误事的。"

　　年轻人以为自己听错了，他很不解地问父亲："您是不是老糊涂了，总裁先生表扬我了您还不高兴，还要去找人家麻烦，是不是还要去求人家骂我，您才高兴啊？我真是不明白您是怎么想的！"

　　年轻人没等父亲解释，便气冲冲地走出了家门。可是，几天后，他又一脸沮丧地回到了父亲身边。父亲耐心地问他发生了什么事？年轻人伤心地问父亲："大家怎么都不理我呢？我们都是公司的一员，完全可以团结互助嘛，再说我又没有得罪他们，他们凭什么不听我的话？"父亲这次倒没有像上次那样神色紧张了。他微微笑了笑说："这就对了，你是一个新人，他们对你不太友好这是对的，慢慢地他们就会接受你的。"

年轻人简直被父亲弄糊涂了："您究竟是怎么啦，别人表扬我您不高兴，别人排挤我，您倒高兴了，我还是不是您的儿子啊？"

父亲不慌不忙地说："你只要照我的方法去做，很快同事们就不再排挤你了，你首先得虚心地向别人学习，并且适当地去表扬别人，就像总裁先生表扬你一样地去表扬别人。"当年轻人再次回到父亲身边的时候，他告诉父亲，他终于得到了同事们的认可，总裁先生也没忘再次表扬他："不但专业水平高，还会团结同事。"

父亲这次没再说什么，而是欣慰地笑了。年轻人还是不解，继续问父亲这究竟是怎么回事。父亲说，这就是职场上的"猫的哲学"。猫在捕捉老鼠的时候，它的爪子是锋利的，尖锐的，而它在走路和跟人类玩耍的时候，却又是温柔的，和善的。如果它在跟人类玩耍的时候，也锋芒毕露，那么受到伤害的人类还会跟它友好相处，并且给它提供帮助吗？

年轻人终于明白了父亲的良苦用心。并且很快便在工作上做出了一番成绩，成就了一番伟大的事业。他便是美国职业经理人波尔·墨依。

一个人的优秀之处，也是你的锋芒所在，它可以为你解开工作上的结，也可以让帮助你的人受伤。所以，我们在对待工作要锋芒毕露，对待朋友和同事则要藏起自己的锋芒，以谦和礼让的姿态去相处，只有懂得适时藏起自己的锋芒，事业才能成功，人生才能成功。

流浪者的权利与义务

　　迈克尔·韦恩是美国旧金山的一个流浪汉。晚上，迈克尔·韦恩住在一架天桥底下，一床破被子，几件旧衣服，便是他的全部家当。白天，迈克尔·韦恩会去好几个地方乞讨，但去得最多的是一家银行。当然，他不会直接进入银行，他只是站在银行的门口，向出入银行的人士乞讨。

　　可是，令迈克尔·韦恩没有想到的是，他竟然遭到了银行工作人员的驱赶。刚开始时，还只是语言上的驱赶，见迈克尔·韦恩没有理会，银行竟然让保安用电棒驱赶。迈克尔·韦恩一气之下，联系了上百个流浪者，坐在银行门口抗议。

　　政府不得不动用警力来维护秩序，众多流浪者就这样与警方发生了冲突。于是，迈克尔·韦恩与众多流浪者一起，将政府与银行一起告上了法庭。最终，法院判政府与银行赔偿每个流浪汉 1000 美元才算了事。理由是，选择在何处（除私人领地之外的所有公共场所）乞讨，是流浪汉的基本权利。这件事情，让迈克尔·韦恩一时间成了媒体争相报道的新闻人物。

可是，不久后的另一件事，又再次让媒体将焦点，聚集在了迈克尔·韦恩的身上。那是一个炎热的夏天，迈克尔·韦恩正在一个公园门口乞讨，突然，他听到园内的一处人工湖里，传来了呼救的声音。迈克尔·韦恩寻声跑去了湖边，落水的是一个小男孩，虽然有好几个人跳进了湖里，但那些人的水性似乎都不太好。

迈克尔·韦恩没有多想，一个猛子扎进了湖里，由于他的水性不错，很快便将小男孩救了起来。小男孩得救了，迈克尔·韦恩却悄悄地溜出人群，继续进行自己的乞讨工作。因为有不少人认出了迈克尔·韦恩就是救人者，于是媒体也争相去采访他，包括政府也说要给迈克尔·韦恩奖励。但都被迈克尔·韦恩拒绝了，他的理由是，他所做的事情，是每一个人的基本义务。

蜘蛛侠的地图

喜欢冒险的汉斯决定去玛丽姨妈家，攀爬她家山后那座神秘的大山。姨父阿梅斯说："真不巧，这几天我很忙，因为我的族人还等着我开会呢。还是等我有时间了再带你去吧，如果没人领着，你很可能会迷路的。"

汉斯说："怕什么，万一迷路了，我就用手机打你的电话，向你求救。"阿梅斯姨父笑着说："那好吧，希望你不会迷路，这样我也不会耽误族人开会的时间。"姨父是族长，主持族人开会，是他们族里的头等大事。汉斯真不希望去打扰他，于是汉斯自信地说："不会的，我相信自己一定能够安全返回。"

汉斯终于一个人出发了。一路上都很顺利，就在快接近山顶时，突然狂风大作。姨父说过，必须等大风过去了才能继续行走，汉斯只得找了个避风的地方，拿出睡袋躲了进去。一个小时后，汉斯从睡袋里爬出来，眼前竟然没有路了。

汉斯在原地转了一圈，所有的地方都是那么眼熟，那些路看起来四通八达，又好像不是路，怎么办？汉斯决定给姨父打电话求救，可是，除了那个睡袋，汉斯的身边竟然什么也没有了。一定是刚才那阵大风将汉斯的行李给刮走了。

就在汉斯快要绝望的时候，汉斯突然从睡袋里发现了一张地图。莫非是姨父有意放进去的？汉斯顿时来了精神，循着地图的指引顺利找到了回家的路。

一踏进家门，正好赶上姨父散会回家。汉斯高兴地对姨父说："今天多亏了你的地图，要不我还真是回不了家。我的行李包括手机都给风刮跑了。"

姨父奇怪地问："地图，你哪里来的地图？"汉斯说："是你放进我的睡袋里的呀。"姨父拿着那张地图，突然哈哈大笑了起来："这哪是什么地图啊，这是你4岁的琳达表妹画的超级蜘蛛侠，你看，这些线条不都是蜘蛛的长腿吗？"

汉斯惊奇地说："可是，我真的是拿这张'地图'找到下山的路的呀。"

姨父说："你能够成功地下山，不是这张地图的功劳，而是你自己行动的结果。遇到困难，只要不消极等待，而是主动寻找解决问题的方法，就永远不会迷路！要知道，人生的路上是没有地图的。"

不做星星

做不了太阳就做月亮，做不了月亮就做星星。别以为这句话完全正确，给我最深刻的体会是，做不了太阳就做月亮，但千万别做星星。

那年，我因家贫辍学回家务农。正在为几亩田的收入养活不了一家人而烦恼的时候，村里有一位种植户不知从哪里引进了一种良种西瓜。结果那年他的西瓜大丰收，光那一年赚的钱就盖了座小洋楼，让村里人羡慕得不行，我也直后悔没有种西瓜。第二年，很多人便都去那人处取经。我也去了。因为要买种子、肥料和地膜等的前期投入较大，很多人还在犹豫，究竟要不要种西瓜。我也在犹豫，于是抱着观望的态度决定再等一年，如果种西瓜确实赚钱，咱再投资不晚。结果第二年种上了西瓜的几户人家也盖起了小洋楼，这让村人们再次眼红了好长时间。

我想，不能再犹豫了，于是在第三年我兴冲冲地买了种子肥料地膜等准备大干一番。第三年的西瓜果然大丰收。只是让人伤心的是，那年所有种了西瓜的人都亏得血本无归。因为全村的百分之九十的人家都种上了西瓜，家家丰收的西瓜直接影响了西瓜的市场价格。

没办法，我只好外出打工，那时打工的浪潮也掀起了好几层波浪。

我知道外出务工的人太多，不一定能找得到合适的工作，但我还是决定闯一闯。在工厂里干了一年，我的收入甚微。我们那个工业区还在不断扩建，可是工厂附近却连家像样的餐馆都没有。这还是经厂里一个玩得好的工友的提醒，我才猛然发现的。于是，那位工友没等我反应过来就辞去工作搭了个小棚炒起了夜宵。那一年那位工友赚了他打工五年来的收入总和还要多。他笑眯眯地抱着一个存折本回家建房子去了。由于有了种西瓜失败的教训，我立即辞工将他的棚盘了过来，并建成了一个小餐厅，我雇一个帮手，不但炒夜宵，还做快餐。结果那年我赚来了一个小酒店。就在我放弃快餐店转而经营小酒店的时候，工业区附近的快餐店像雨后春笋般冒了出来。从此，那里的快餐店生意总是开张了又倒闭，倒闭了又开张，再也没有一家赚钱的。而因为打工者的收入提高了，小酒楼的生意却出奇的好。

发现商机的人是聪明的人，将商机推广的人才是成功的人。做不了第一就做第二，做不了第二，千万别做第三。做不了太阳就做月亮，做不了月亮，千万别做星星。因为一旦陷入了满天的星星之中，就再也没人找得到你了。我真诚地奉劝正在创业的人们，可以跟着一个人的身后走，但别跟着一群人的身后走。一个人是你的帮手，他可以为你带来商机，但一群人却是你的对手，他们是来抢你的饭碗的。

　　大学毕业后，我因为找不到一份合适的工作，只得住在表哥家整天唉声叹气，抱怨命运不公。表哥劝我不要着急，工作可以慢慢找，总有适合我的。我说：连好多初中毕业生都找到工作了，可我一个大学生怎么就没人要呢？表哥说：你要是能够将自己当成初中毕业生就好喽，我保证你找得到工作。我知道表哥指的是什么，我说：要我去干那些初中毕业生也会干的活，我才不干呢。表哥笑了笑，再也不说话了。

　　第二天一大早，我还没起床，便被表哥的电话吵醒了。表哥让我去市场上拿点东西。他每天天不亮，便要去郊区拉蔬菜来广州卖给那些市场里的摊贩，所以起得很早。我去市场上拿回了两样东西，那是两条鱼。一条叫泥鱼，一条叫金鱼。表哥让我赶紧拿回家，将泥鱼丢在那个装有泥巴的鱼缸里，将金鱼放进那个装有清水和水草的鱼缸里。表哥还让我千万别搞错了。那泥鱼倒没什么，只是那金鱼可是名贵品种，不能大意。我哦哦地应着，揉了揉还没睡醒的眼睛说：我知道了，难道我连金鱼和泥鱼都不认识吗。

　　回到家里才让我惊出了一身冷汗。原来那泥鱼也不是我们老家那种野生的泥鱼，而金鱼也不是我们在公园里常见的那种金鱼，两种鱼又长得很像，实在分不清哪是金鱼哪是泥鱼。怎么办，有心给表哥打个电话问清楚，可又害怕表哥骂我一顿：他交鱼给我的时候就不认真听他说话，现在搞不清了吧。

最后，我只得按照自己的理解，将它们分别放进了两个鱼缸。我按表哥的交待，以喂金鱼的方法来喂那只养在装有清水和水草的鱼缸里的鱼，以喂泥鱼的方法来喂那只养在装有泥巴的鱼缸里的鱼。我想，晚上表哥一定会回来的，只一天时间，我就不相信那只名贵的金鱼就死了。可是，好不容易捱到了晚上，表哥又打电话来说他晚上不回来了，要到明天晚上才能回来，说完便匆匆地挂了电话。

我想这下糟了，如果那只金鱼被我错当成了泥鱼来养，只怕等不到表哥回来便死了。于是，我将两条鱼互换了地方，每过一段时间我便来观察一次，好像也没发现什么异样的情况。由于心中没底，睡到半夜时，我又将两条鱼调换了一次地方。就这样，每过几个小时，我便要将两条鱼互换一次地方，等到表哥回来的时候，我已经不知道给两条鱼调换过多少次了。

好不容易等到表哥回来了，他要做的第一件事便是去看那两条鱼。表哥生气地说：你搞错了，你将两条鱼放错地方了。我急忙跑过去。表哥耐心地跟我说：你看，这条是金鱼，而那条才是泥鱼，你将泥鱼放进金鱼的缸里还不算什么，你怎么能将金鱼放进泥鱼的缸里呢？最终，我不得不承认，我根本就分不清哪是金鱼哪是泥鱼，并且，我还多次将它们调换过地方。

表哥不相信地看了我一眼，又去研究那两条鱼：这么说，金鱼也曾经在泥鱼的缸里呆过，但是它居然还活得好好的。我也松了口气附和说：是的，两条鱼都活得好好的。

表哥突然转过话题问我：你说我像金鱼还是像泥鱼？表哥没等我回答又说：我应该算是一条泥鱼吧，初中毕业生嘛，哪有做金鱼的份。十年前，我跟你一样从老家来到广州，跟我一起来的好多都是大学生，也就是说，我的身份是泥鱼，而别人的身份却是金鱼。现在，当年的那些大学生依然还在别人的公司里打工，而我却拥有了自己的房子和车子，尽管那是货车，可三辆货车加起来远远超过了一辆高级小车的价钱。不但如此，我还拥有了自己的公司，虽然连老板一起只有 6 个人，但其中除了老板以外其余的都是大学生。我羞愧地低下了头，第二天一早便跟表哥一起出车了。

金鱼，被人丢进了泥里，它也只能被当作泥鱼。泥鱼进了金鱼缸，也能身价倍增。大学生和初中生，只不过是这个社会给你的一个标签，撕去标签，我们都是一样的人。唯一能够证明自身价值的，就是你的智慧和汗水！

最近，发生在广州的一次特殊招聘会，几乎轰动了全城。有位民营企业家愿出月薪万元，为自己瘫痪在床的老母亲招聘一位保姆，招聘条件只有一点，要求应聘者为女性。因为既无年龄界限，也无技术学历要求，而且待遇丰厚，所以一时间应聘者众。其中有刚毕业的女大学生，也有医院里的女护士，还有按摩洗脚屋里的按摩女，更多的是企业下岗女职工和外来女工，让人惊讶的是，竟然还有写字楼里的女白领，其中不乏优秀人才。显然大家都是冲着那份高薪来的。

前来求职的人多，可考官却只有一人，那就是那位民营企业家的老母亲。老太太躺在床上不能动，也不能开口说话，唯一能够与人沟通的只有表情，摇头表示不高兴，笑表示高兴。老太太虽然不能动弹不能说话，可她的脾气还挺大，很多人刚走进老太太的房间，便她被赶了出来。这可难坏了众多的求职者。

招聘工作进行了好几天，也没有一位应聘者令老太太满意的。很多人看见排在自己前面的优秀者都落聘了，便开始打起了退堂鼓，干脆退出了应聘。也有不甘心的，还在继续排队等候应聘。又有好几天过去了，尽管媒体炒得挺火热，可是招聘双方都显出了疲态，因为还是没能找到一位真正满意的人选。

就在招聘快以失败而结束的时候，一位叫李小菊的女人竟然应聘成功！能够从上千人里脱颖而出一举夺魁的人应该很不一般吧，于是大家都想看看这个人究竟长得怎么样？又有着如何出众的本领居然就赢得了老太太的青睐？电视台记者跟观众心里想的一样，于是便将镜头对准了李小菊。

令大家失望的是，那个叫李小菊的女人，不但没有娇好的让人看着赏心悦目的容颜，而且体态臃肿且个头又矮，更让人失望的是，她居然面对镜头时还脸红，紧张得不敢说话，丝毫看不出她有何出众之处。

显然记者也对她不怎么看好，但既然她成了这次招聘会的幸运儿，也得硬着头皮问她点什么吧。于是记者问："你究竟是怎样让自己从上千人中脱颖而出，从而应聘成功的呢？"李小菊显然挺紧张，只见她摇了摇头说："不知道。"经验老到的记者于是启发她："比如说，你很有爱心，你在现场做了什么事情让老太太感动了，于是老太太一高兴便录用你了？"李小菊点了点头，又摇了摇头说："既然是来应聘保姆，我相信每个参与应聘的人都是非常有爱心的。在现场我也没有做什么特别的事情，我只是做了我应该做的而已。"

一个这么憨厚的女人，怎么就被老太太看中了呢？也许只是个巧合吧，记者知道从她的身上再也问不出什么来了，就在他想将镜头转向别处的时候，依然抱着最后的希望问了一句："你难道真的没有什么秘诀？"李小菊沉思了半晌说："我真的没有秘诀，做保姆能有什么秘诀啊，要说经验，我倒是有的。"记者终于来兴趣了，问："说说看，你究竟有什么经验？"

李小菊说："因为在来这里应聘之前，我已照顾了我那跟老太太一样瘫痪在床的婆婆近 10 年！"一句话，不但让记者找到了李小菊应聘成功的原因，也让所有观众热泪盈眶！

守住自己的原色

有一家水龙头公司，经营多年，虽然生意还算不错，可是跟那些大公司相比，还是差了很远的距离。按现在的发展速度，就是再过50年，也成不了大公司。为此，公司老板整日愁眉不展。

要想让小公司尽快变成大公司，那得需要一大笔资金注入。向银行贷款当然是一个不错的办法，可是公司的贷款额度已经达到了银行规定的数目。最好的办法是增加产品的销量，可是，多年来形成的销售惯性，哪里是突然就能改变得了的？就在苦无良策之际，有人向公司老板献计，不如花重金向公司内外征求金点子，老板觉得是个好主意。

苦等数日后，金点子还真被征上来了，老板一听便喜出望外。因为是小公司，所以生产的水龙头都是塑料原色，那些金属水龙头因造价太高，所以从未生产过。塑料水龙头针对的也都是低端市场，而低端市场因为门槛低，竞争对手多，自然生意不好做。

针对这些特点所征集上来的金点子是：将塑料原色水龙头上涂一层跟不锈钢色相近的涂层，这样虽然产品还是塑料的，但看起来却像不锈钢的。同样是塑料水龙头，涂上不锈钢涂层的水龙头比原色水龙头就要显得气派得多，如果不仔细辨认，客人一定还以为这就是不锈钢水龙头，而价钱还是与原来的相同。这种水龙头既实惠，又大大满足了客户的虚荣心，果然，产品一上市便销量猛增。不说其他的小公司，就连一些大公司也在模仿这一做法。

如果按照这种情况发展下去，这家小公司很快就会成长为大公司，就在老板独自得意的时候，却收到了大量退单。原来，涂了不锈钢涂层的塑料水龙头，尽管满足了客户的虚荣心，但却没有原色塑料水龙头耐用。因为都误认为那是不锈钢水龙头，所以在使用时就没有那么小心了，其结果是，用不了几天，就得换一个水龙头。而那些拧坏水龙头的客人总要说一句，我还以为是不锈钢的呢，这样，不但没有让主人的虚荣心得到满足，反而遭到了嘲笑，更重要的是，实惠也变成了浪费，花费比以前更多。而如果装的是原色塑料水龙头的话，人们一看就知道是塑料的，所以使用起来也会特别小心，反而极其耐用。

公司老板只得迅速调整方向，赶紧停止生产涂有不锈钢涂层的水龙头，依然生产原来的原色塑料水龙头。幸好市场信息反馈及时，还没有铸成大错，不然不说破产，也得大伤元气。又是多年过去了，如今，那家小公司依然是小公司，但他还是以自己的原色在这个世界上生存着。而那些没来得及或者说不想露出自己原色的大小公司，却早已消失得无影无踪了。

世界万物都有自己的原色，如果一心想借用别人的颜色来粉饰自己，最终的结果只能是让自己迅速走向消亡。

守住自我

　　有位年轻人因为有一套编程序的绝活，被一家单位聘为程序员。几年间，因为给公司带来了不少经济效益，他的待遇也节节攀升，日子过得红红火火有滋有味，在同行中不但声名鹊起，而且被认为是业内最有前途的程序员。

　　由于是公司的功臣，跟他套近乎的人也不少，有一天，公司经理拍着他的肩膀说："小伙子，你挺有出息的，有时间去我家吃饭啊。"突然得到经理的特别关照，年轻人受宠若惊。在那天的饭桌上，年轻人才知道，经理请了他在商场上的几个朋友，而年轻人的到来，似乎给了经理很大的面子，因为经理一个劲地向他们介绍，这可是我们公司的大功臣哩。事后，经理给年轻人解决了一套三居室的住房，年轻人更是感恩不已。以后，凡是经理家有客人，年轻人一请便到。

　　渐渐地，经理不止是邀请他去家里吃饭，还请他去钓鱼，去打保龄球，去洗桑拿，每次都有一大帮人作陪。而年轻人得到的实惠则是，职位从原来的程序员升到了部门主管，薪金也一涨再涨。唯一令年轻人不安的是，他忙于工作的时间少了，毕竟，编程序才是他最热爱的，也是他的本职工作。经理似乎从他犹豫不决的面色中看出了什么，便说："你只要将工作交给手下人干就行了，主管嘛，要懂得从具体事务中脱身，留下更多的时间来思考，来管理他人，来参加应酬。"经过经理这么一说，年轻人的那点不安也就释然了。于是，他将具体工作全交给了别人，而他自己则整天跟着经理四处活动，将精力全部用在了应酬上。他不但酒量增加了，酒场上的口才也长进了，但是，他的业务水平却下降了。

突然有一天，公司查出经理有贪污嫌疑，原来经理一直在借年轻人的名气，在暗地里为自己的公司接业务，虽然没有要年轻人干具体事务，但他的出席就完全可以取得客户的信任。经理被罢免了，因为年经人是不知情而被利用的人，便没有被追究，只是被安排回到原岗位继续当程序员。而此时的年轻人因为长时间脱离本职工作，再加上现代社会科学技术的日新月异，对于一大堆有待更新的程序，他已跟不上时代的步伐，不适合当程序员了。年轻人感到前途十分渺茫，眼前这份工作都已朝不保夕了。

这让我想起了一个寓言故事，一头小狮子因为禁不起狐狸的诱惑，私自离开了狮群，它整天被狐狸吹捧着带到森林里四处游逛，狐狸因为狮子的威风而捕获了不少猎物。小狮子呢，虽然得到了无数好听的话语，最终却因为长时间没有锻炼本领而失去了狮子的本能。我们如果不守住自己生存发展的本钱，就有失去立锥之地的危险。

突厥人的秘诀

突厥人主要分布在土耳其、阿塞拜疆、吉尔吉斯斯坦等地，早期的突厥人都是靠捕猎为生。突厥人生得彪悍强壮，擅长奔跑、跳跃等剧烈运动，奔跑的速度接近于捕猎专家——豹子。

据说突厥人等孩子长到 5 岁时，便会将一份祖传的秘诀交给孩子，让孩子学习奔跑、捕猎、跳跃等运动项目。突厥人一代比一代善跑，充分证明了那份秘诀的力量。于是，那份秘诀成了一个令人向往而又解不开的谜。

很多想将自己的孩子培养成长跑冠军的人，都希望请一个突厥人来教自己的孩子学习跑步。可是，别说那份秘诀很难找到，就是找到了，由于不懂突厥语，根本就没人能看明白秘诀里所写的意思。

有人长期跟踪并拍下了突厥人的捕猎过程，发现突厥人虽然强壮善猎，但因为工具太原始，捕猎失败的几率其实很高，大约为99%。也就是说，100 次同样的行动，只有一次能够成功。

究竟是一种什么力量，让他们在这种艰苦的条件下，能学得如此超强的本领？有一位懂得突厥语的专家，终于为人们解开了这个秘密。他说，突厥人那份秘诀是这样写的："跌倒了爬起来，爬起来再跌倒，然后再爬起来，就学会了。"

接受捐赠的资格

1956 年，美国普利公司女总裁奥娜斯，同时向全美 10 家盲童学校发出捐赠信息。时年 59 岁的她，明确地向媒体表示，她希望在退休之前将一笔善款捐给盲童学校。但接受捐赠的学校必须派专人来跟奥娜斯商谈，而且谈话的地点还一定是在奥娜斯的家里，如果奥娜斯满意了，那么捐赠便成交。如果在一年时间里还没有人拿走这笔捐款，那么捐赠将取消。

转眼半年时间过去了，奥娜斯依然没有将那笔善款捐赠出去。眼看，时间一天天过去，又是两个月时间在悄无声息中过去了。如果仍然没有人能让奥娜斯满意，那么一旦她退休，这笔捐款便要取消了。这件事一度引起媒体的强烈关注，整个美国都沸腾了，也愤怒了。人们都说奥娜斯在作秀，如果不想捐款便算了，别拿人家盲童学校寻开心！还有人干脆坐到普利公司楼下举旗游行，抗议奥娜斯用这种不负责任的言论来伤害美国几十万盲童的心灵。特别是曾经派人跟奥娜斯商谈过的盲童学校，更是到处说她的坏话。

令人奇怪的是，奥娜斯却并不生气，她接受记者采访时，依然是那一句话：如果受捐机构派出的人能让她满意，那么捐赠便成交，否则一切免谈。

就在一年时间的期限即将结束，所有人都认为奥娜斯是不会将那笔钱捐出去的时候，奥娜斯却成功地将那笔钱捐了出去。那是一家名不见经传的私立盲童学校，校长艾古丽，是一位年轻的姑娘。

当记者采访艾古丽时，她只是浅浅地笑着说：我也不知道这是为什么，我甚至还没来得及向她提捐赠的事，奥娜斯女士便答应将那笔款子捐给我们学校了。艾古丽奇特的回答，更加引起了人们的兴趣，难道艾古丽会使魔法，她一声不吭便能将这么个难缠的女总裁治服？于是记者们都去采访奥娜斯，为什么那么多出名的盲童学校都没能争取到她的捐款，而被这么一家并无多少名气的学校争取到了。

奥娜斯说：原因很简单，因为艾古丽是一位合格的盲童老师！奥娜斯接着说：那么多人来我家，可是却只有艾古丽发现我的小孙子是一位盲人。我的小孙子埃里克，就一直坐在我的旁边，很多人一来便跟我谈那笔款子的事，而只有艾古丽一直在跟我谈埃里克，如何让埃里克像正常人那样去学习、生活，还邀请埃里克去她的学校接受教育。

最后，奥娜斯说，这就是我给所有人的答案：一个根本就不关心盲人的人，是没有资格来办盲人学校，更加没有资格接受我的捐赠的！

聪明州穷 愚蠢州富

最近，由一家民间社团，评选出了美国拥有最多聪明人和最多愚蠢人的两个州。拥有最多聪明人的是犹他州，而拥有最多愚蠢人的是内华达州。其他的州均居中。

这家民间社团，在每个州随意抽出 1000 个州民进行智商测试，然后再根据州民智商的高低，评选出最聪明的州和最愚蠢的州。智商主要测试其七种能力，分别是观察力、注意力、记忆力、思维力、想象力、分析判断能力、应变能力。

以 100 分为平均值的 IQ 分数结果显示，犹他州 IQ 分数在 110—150 的州民为 80%，110 分以下的为 20%；而内华达州，IQ 分数在 110—150 的州民仅为 30%，110 分以下的为 70%。

令人奇怪的是，这两个州紧紧相邻，不管是地理环境、气候条件，甚至是宗教信仰都是一样的，为什么他们州民的智商有如些大的差异呢？

更令人奇怪的是，拥有最多聪明人的犹他州，却是美国最贫穷的州，那里不但公共设施不到位，而且人们的生活水平普遍处于温饱线上下。而拥有最多愚蠢人的内华达州，却跻身为美国最富有的州之一，不但拥有最顶级的高级酒店，而且人们普遍生活富裕。

这一巨大的反差，让人们百思不得其解。科学家经过仔细、深入研究后，终于找到了答案。原来，犹他州的州民虽然聪明，但他们却将聪明用错了地方，而内华达州的州民，虽然愚蠢，但他们却将自己的愚蠢用对了地方。

如果你去犹他州旅游，你到处都可以看到精明无比的骗子，哪怕是买一瓶矿泉水，你也得万分小心，不然，一不小心便会上当受骗。而在内华达州，你根本就不需要担心自己会与同伴走失而迷了路，因为随时都有人会问你，你需要帮助吗？只要你停下来，做出苦恼的样子，便会有人给你提供无偿帮助。哪怕你只不过是掉了一顶帽子，也会有人替你捡起来，并送到失物招领处等待着失主领回。

在加利福尼亚洲的北部，生长着一种红杉树，这种树不但寿命长，而且又高又大。平均寿命可达千岁，一株 20 年的树便可达到 15 米，或者更高。

据美国国家地质学会调查，有一株红杉树的寿命竟然达到了 2000 多年，直到现在依然枝繁叶茂。这株红杉高达 111 米，胸径为 6.6 米，仅树皮便厚达 30 厘米。红杉还有一个特点，那就是不怕虫咬与火烧。因为红杉木质里有一种气味，具备驱虫的功能。另外，就算发生森林大火，或者有计划地清除林中杂草，红杉也不会被烧毁，因为红杉的表皮具有防火的功能。同时它也被当成了乔木里的活化石。

但是更让人惊奇的还不是这些，而是红杉的种子。别看红杉高大挺拔，可它的种子却小如芝麻。大约在红杉长到 20 年树龄时，就能结出含有成熟种子的球果，这个球果只有葡萄大小，而里面那些种子就更小了，几乎与芝麻无二。一粒小如芝麻的种子，居然能长成如此参天大树，确实让人惊讶。

据说，每年都有大量来自全球各地自认为渺小的人们，不远万里去参观那棵树和它的种子，都想亲眼见一见那小如芝麻的种子，是如何变成参天大树的。凡是见过那棵树和它的种子的人，都相信了这样一个道理：在这个世界上，任何伟大，都是从渺小奋斗而成的。

干啥便宜，干啥

有一个朋友，被人誉为投资大王，并因此赚了不少钱。有人问他成功投资的秘诀。他语出惊人：什么便宜，干什么。

最近在报纸上看到一则消息，有位教授对刚毕业的大学生说，什么贵，便干什么。朋友却提出了反对意见。朋友说，他以前也是这么做的，一旦发现市场上什么东西贵，他便去生产或者说经营什么，但是每次都是以失败告终。比如：2007年的猪肉价格奇高，他赶紧投资了一个猪场，谁知到了2008年猪肉价格便一路下滑，他不但没有赚到钱，还亏得一塌糊涂。又比如，2009年的白菜价格奇高，他又转行去投资种白菜，可是到了第二年白菜价格只跌不涨，同样让他遭到了严重的亏损。同时，因为绿豆、大蒜、生姜等价格的上涨，他又陆续投入了资金，都遭到了不同程度的亏损。

在经过一番思考之后，朋友不再是什么贵干什么，而是什么便宜便干什么。在市场上只要见到哪样东西的价格低，特别是低出了几年来的最低水平时，他便在哪样东西上投入资金，结果出人意料地竟然赢利了。比如：2010年的猪肉几乎跌到了谷底，他赶紧投入资金养猪，结果在 2011 年让他大赚了一笔。同时，他又以同样的手法，在多个领域里赢得了不少"出入意料"的利益。

　　在人们的常识里，应该是什么贵便干什么才对，因为市场上什么东西贵，便证明什么东西是稀缺的，物以稀为贵嘛。可是，也正因为这是常识，是人人都懂得的道理，所以一旦出现这种情况，人们就会一窝蜂地抢着去干。一旦干的人多了，市场的供需就会失去平衡，价格自然也会马上发生逆转。而在此时，如果反其道而行之，则往往会得到意想不到的收获。

晚清名将左宗棠，在征服陕甘后，凯旋入关。当天晚上，驻军于某处，刚刚扎营完毕，左宗棠忽然传下将令：立即拔营，继续前进！

当时，全军将士都已疲惫不堪，正想好好地休息一番，因此谁也不愿再动弹了。那些将领们则相约着来到统帅的大营，请求左宗棠收回成命。左宗棠勃然大怒，道："这就上马出发，敢违命落后者，军法从事！"

左宗棠军令极严，将士们虽然怨气冲天，却也不得不装束停当，整队紧随其后，于黑夜中艰难地走着。过了两个时辰，左宗棠扭头问身边的偏将："我们走了多少路？"偏将答道："距离先前宿营之处已有四十多里了。"左宗棠点点头，道："那好，就在这儿扎营吧。"

将士们重新安歇不久，忽然听到身后隐隐传来阵阵爆炸声。过了一会儿，后队巡逻兵来到帅营禀报，说："先前宿营的地方忽然被炸，已经陷成一个个巨坑。"于是全军将士无不惊骇万分，都为躲过这一劫难而庆幸不已，对统帅左宗棠更是佩服得五体投地。

众将领进帐询问左宗棠是如何预测到这场灾难的，左宗棠答道："当时刚刚驻军，我忽然想起：那些头领们虽然投降了，却是迫于我们的军威，并非个个都诚心诚意地归顺，肯定有人会挟恨报复，而我们第一晚的驻军之处也早在他们的预料之中。后来，军中击打更鼓时我又凝神一听，地下似乎有回应之声，像是有地洞，于是我立即传令速速避开。现在已经可以证实，那儿不但有地洞，而且洞中藏着不少硫磺火药。可是当时由于拿不准，又怕引起慌乱，才没有明说啊。"就这样，左宗棠以自己精妙的判断，机智果断的性格，避开了这次危难。

纵观左宗棠的一生，最辉煌的是收复六分之一的国土。这是他个人的荣耀和骄傲，更是国家之福。浙江巡抚、左宗棠的老友杨昌浚，在清廷恢复新疆建省后到西域，所到之处，杨柳成荫，鸟鸣枝头，人来车往，百业兴旺，当即吟出一首《恭诵左公西行甘棠》：大将筹边尚未还，湖湘子弟满天山；新栽杨柳三千里，引得春风渡玉关。

左宗棠的这些功绩的建立，与他的机智、果断的性格是分不开的。

有人说，性格决定成败。一个人如果优柔寡断，处事拖泥带水，哪怕他身处顺境，他的事业也总是起起伏伏，不得要领。但是，如果他是一个机智勇敢，办事果断的人，哪怕他遭遇了危机，也总能化险为夷。

一家鞋材公司的总裁决定在自己四个助手中挑选一个出任总经理。他提出的要求是，谁在短时间内战胜了另一家更强大的鞋材公司，谁就有机会坐上总经理的位置。总裁的命令一出，四位跃跃欲试的助手便各自想办法去了。

可是，另一家公司多年来一直是他们的强大对手，要想在短时间内战胜对方，谈何容易？第一位助手的办法是：加强本公司的产品质量，另外，从价格上再向客户让利10％。市场反馈很快表明虽然在公司经营上略有起色，但还谈不上战胜对方公司。对方公司的实力不在他们之下，不论是技术力量，还是经济力量，所以这招起不到实质性作用。

第二位助手的办法是：制造一批劣质产品，然后打上对方公司的商标，假冒对方公司的工作人员向客户推销，以此来损害对方公司的声誉，让对方公司无法在市场上立足。刚开始时，确实给对方的产品销售带来了一些麻烦，在经济上也造成了不小的损失。可是，不久，对方公司便与打假办联合起来查清了，那批劣质产品的来源，并顺藤摸瓜地抓住了幕后人。第二个方法不但没能战胜对方公司，各大媒体还给对方公司做了一次免费广告，最惨的是，自己公司也因此背上了不好的名声。

第三个助手的办法是：挖墙脚，将对方公司的人才挖过来，将对方公司的先进技术偷过来。只有知己知彼才能百战百胜，如果掌握了对方的先进技术和人才，还怕战胜不了对方？哪知对方公司有一帮铁杆技术人才，即使有愿意过来的也都是些平庸之辈，而且还漫天要价，干不了多久又跳槽走了。

令人意外的是，第四位助手被总裁任命当上了总经理。因为只有他的方法最直接最有效。他的方法是，找到对方的总裁，真诚地提出与对方公司合作。共同研制出最好的产品，这样的合作在商界中称为强强联手，共同获利。总裁在任命会上激动地说，真正战胜对手的办法就是与之合作，将敌人变成朋友才是最好的消除敌人的办法啊！

在现代社会复杂的商场与人际关系中，如果将敌人变成了朋友，又何愁事业不能成功，人生不能成功呢？

　　有一个来自名牌大学的毕业生，在一家大企业谋到了一个他仰慕已久的职位。可是，等上班后，他才知道，自己的顶头上司，不但文凭低，而且能力也低。更可气的是，那个上司还一天到晚对他指手画脚，横挑鼻子竖挑眼。一气之下，他辞职了。

　　不久，他又找了一份新的工作。这次，他是在完全了解了自己的上司后，才决定去上班的。他的上司不但毕业于名牌大学，业务能力也很强。他想，只有跟着这样一位上司，自己才有出头之日。

　　上班的第一天，他发现，居然有人敢对他的上司指手画脚，横挑鼻子竖挑眼。后来一打听才知道，原来那人是他上司的上司。让他不能理解的是，他上司的上司不但文凭低，能力更低，而且他的上司在面对这一切时，居然毫不介意。

　　他在找准机会后，终于将自己的问题跟上司说了。上司没有直接回答他的问题。而是给他讲了一则伊索寓言。寓言的题目叫做《站在屋顶的小山羊与狼》，里面讲了这样一个故事：小山羊站在屋顶上，看见狼从底下走过，便谩骂他，嘲笑他。狼说道："啊，伙计，骂我的不是你，而是你所处的地势。"

他终于点了点头对上司说："我明白了，既然骂人的不是他，而是他所处的地势，那我们也没必要跟他计较了！"上司这才舒心地笑了。

在我们的日常生活中，很多有着像狼一样超强能力的人，却要受无能的羊的欺负，不正是因为羊有"屋顶"这块无人能及的法宝吗？此时，如果你能绕开"屋顶"，便能通往成功之路，如果你不想绕不开"屋顶"，偏要将羊从"屋顶"上揪下来，那么"屋顶"很快便能将你压垮。

热爱生命

　　人生漫长，期间会有多少沧桑多少悲欢多少温暖，那些倾刻的顿悟，稍纵即逝的灵光，给了我们多少思索多少回味多少感动。

　　曾经看一则故事。讲的是一个身患绝症的女孩子与病魔顽强作斗争的事迹。虽然女孩最终还是闭上了自己美丽的眼睛，告别了这个美丽的世界，但女孩脸上却一直挂着淡淡的笑容。呈现着执着的向往。那种对生命的热爱之情一直鼓舞着我，感动着我。

　　在生命的花丛中，去寻找朝霞中那朵最红的玫瑰，去拾取蔚蓝大海边那颗最美的小贝壳。也许太多的凄风苦雨会令命运之树夭折，令想象之花凋谢。但只要青春还在，生命未老，就还有激情燃烧的生命的热烈。

　　热爱生命，以拓荒者的姿态去进取去拼搏，珍惜生命中的点点滴滴，争取命运赐与的每一次机遇，把握人生。拓荒者，面对地平线上的曙光，背靠心灵的疆土，扬起青春的铁镐，舞动岁月的旗帜，桀骜地把成长的秘密在泥土里阐释。

　　热爱生命，把握自己。因为自己有双与别人不同的看世界的眼睛，因为自己有对生命更热切爱护的情怀。有的人失去金钱就仿佛失去了整个世界，有的人一旦身处逆境就感觉生命到了尽头，有的人一无所有却靠勤劳的双手在荆棘丛生的地方辟出一条属于自己的路。

热爱生命。如果给一个老者一次新的青春，如果刑场上的囚徒可以重新来过……那么这些人该多么懂得去珍惜自己的青春热爱自己的生命啊！

热爱生命。你会珍视春天河上漂过的草垒，沉醉于初秋风中第一片落叶，你会用心的去拥抱自然，拥抱世界，拥抱一世美好。而你的生命也益发丰富而美丽。

高明的演讲课

美国演讲大师哈利森·布克莱，曾经受聘于一家养生机构，专门针对养生与长寿这个课题，做过一次演讲。由于哈利森·布克莱有着非常杰出的演讲才能，为了一睹他的风采，更为了能从他的演讲中获得知识，所以吸引了不少人，特别是老年人的参加。因为相比年轻人而言，老年人更注重养生与长寿。

哈利森·布克莱首先举了一些成功的企业家的例子。哈利森·布克莱说，很多企业家，不但年轻时勤劳，甚至到了退休的年龄，依然在一线奋斗着，他们总是不知疲倦地，走在这个社会的最前沿，引领着整个时代的浪潮。

哈利森·布克莱的话，引起了助理的警觉，这明明是一堂关于养生与长寿的演讲课，怎么变成了成功创业的励志课？于是，助理悄悄地递给了哈利森·布克莱一张纸条，提醒他，是不是拿错了演讲稿。

可是，哈利森·布克莱却毫不理会，并继续讲了下去。哈利森·布克莱说，正是因为他们对工作的热爱，所以不知疲倦，也正是因为他们不知疲倦的付出，让他们收获了别人无法收获的东西，那就是巨大的财富和荣耀！

这时，不但助理着急得直向哈利森·布克莱使眼色，甚至还在背后直扯他的衣服，告诉他，不能再错下去了。就是台下的观众，也开始骚动起来。

接下来，哈利森·布克莱的话锋一转，又举了几个例子。他说，不少人到了退休的年纪，便渐渐地淡出了工作岗位，并且主要兴趣也慢慢地转向于"玩"。由于玩得高兴，所以最终会让他们完全放弃工作。他们有的会去旅游，有的会去钓鱼，有的会去跳街舞……

这不是明明白白地告诉大家，不要玩物丧志吗？助理急出了满头大汗，特别是养生机构的总裁，一直在后台静静地听着的他，再也忍不住了，几乎是在怒吼道："简直太糟糕了，如果他再不立即停止演讲，我将令保安强制将他拖下讲台！"

几名保安悄悄地接近了讲台。就在这时，哈利森·布克莱提高了声音，说："对于大多数，到了退休年龄的人士来说，尽管继续努力工作，会获得巨大的财富上的成功，但对于会玩的人来说，则会更加长寿！"

一句话，让助理大大地松了一口气，同时养生机构总裁也露出了笑脸，观众席上则响起了持久而热烈的掌声。

是谁毁灭了美好的世界

那是一个美丽的小岛，树木葱茏，鸟语花香。那里的人们或者住在山洞里，或者住在树上，渴了就喝清澈的山泉水，饿了就吃香甜的野果子，生活得无忧无虑。

他们美好的生活引起了魔鬼的不满，于是，魔鬼决定毁掉这个小岛。魔鬼施展法力，顿时狂风大作。很快，树倒洞塌，整个小岛成了一片废墟。魔鬼得意地笑了。这时，神刚好看到了这一幕，于是，冷笑了一声。

见到神一脸不屑的表情，魔鬼怒了，问："你为什么发笑？"神说："因为你的徒劳。"魔鬼质问："我法力无边，怎么会是徒劳？"神说："你过一段时间再来看看吧。"

一段时间之后，小岛又变成了树木葱茏、鸟语花香的美丽世界。魔鬼觉得奇怪，这些树木花草，还有山洞，明明被自己施法毁了，为什么又出现了呢？魔鬼发现，一旁的神正在幸灾乐祸地笑呢。魔鬼问神："难道你有什么办法将这一切毁掉？"神不语。

神变成了一个人，他在岛上开发了一片地，不久，地上便冒出了一栋栋整齐的楼房。神将一部分房子送给了岛上的掌权者，将另外的房子卖给一部分岛民。神做完这一切后便走了。魔鬼追上去问："你不但不毁了他们的树木和山洞，还给他们建房子，他们的生活不是越来越美好了？"神笑了笑不正面回答，只是说："过一段时间再来看吧。"

又过了一段时间，魔鬼看到整个岛上都布满了高楼大厦，于是生气地说："看你干的好事，现在他们全都住进了漂亮的楼房，比以前任何时候都要幸福！"

神说："你再仔细看看，原来那个树木葱茏，鸟语花香的世界还存在吗？"魔鬼定了定神，果然见到满眼都是水泥的世界，不时还有狂沙飞舞，或者洪水滔天，突然哈哈大笑了起来："这正是我想要的结果啊。"

接着，魔鬼又问："你不过是建了几栋楼房，毁了一小片树林，那么，整个岛上更多的树林又是谁毁灭的呢？"神微笑不语。魔鬼由衷地赞叹说："你真的是太了不起了。"听到这话，神赶紧解释，说："毁灭这一切的可不是我，我是神，哪里能做这么缺德的事，真正毁灭这一切的，是他们自己。"

相马的秘诀

京城里有三个相马师。每人设有一个马铺，他们将自己相好的马边出售边介绍，什么样的马被称作"千里马"。

第一个相马师介绍：千里马的特点，先要看马的骨骼是不是粗壮，骨骼粗壮才更有力量，也更能跑。而要看马的骨骼，除了用手摸外，便是过秤。马的骨骼越粗，马的体重也会越重。一边的顾客听了，都连连点头，称说得有理。

第二个相马师介绍：千里马的特点主要在于马的四肢。为什么会有千里马？那是因为千里马会跑，而那些四肢健壮的马，也才更能跑。要想分辨马的四肢，除目测外，就是用尺量。千里马的四肢比普通马会粗大许多。顾客们纷纷点头，表示有道理。

第三个相马师却不说话，只卖马。令人奇怪的是，前两家的马却并不好卖，因为他们的马都不及第三家的好。很多人在通过实践后，也都认为，只有第三家的马，才是"千里马"。

于是，有人问第三个相马师的相马秘诀。第三个相马师回答说，没有秘诀。人们不相信，纷纷追问。第三个相马师坦率地说，真的没有秘诀，他既不会看马的骨骼，也不会测马的四肢。

　　人们纷纷摇头，表示不理解，一个完全不懂相马的人，怎么就相得了那么多的好马呢？实在被问得急了，第三个相马师才说："在相马的过程中，我与别人的方法确实有些不同。也不知这算不算秘诀，因为我不懂相马，便只好让所有的马参加比赛，那些跑在前面的马，自然就是好马了。"

富人为何
愿与穷人
为邻？

最近，有人评选出了美国富翁的十大理想居住地，它们分别是：阿斯潘、棕榈滩、圣·弗朗西斯科、圣塔巴巴拉、纽约、拉斯维加斯、圣·琼斯、迈阿密、圣地亚哥、丹佛。这些城市都是以优美的风景、豪华住宅、高级餐厅和许多奢侈品来吸引富翁们的眼球的。

令人不解的是，在这十大居住地之中，排名第一的阿斯潘各方面的条件都不比其他九大居住地好，为什么它偏偏得了第一名呢？这里面有一个有趣的故事。

因为富人们从来不缺钱，所以他们购物的时候永远不用担心物品价格过高，不但如此，他们还可以随心所欲地选择自己喜欢的居住地。在评选理想居住地之前，这些城市都使出了浑身解数，在各方面来加以改造，这其中不但包括了衣、食、住、行，还包括了环保和文化建设。可是，在改造之前，住得好好的富翁们突然提出，要从这九大居住地撤出去，并一致决定去阿斯潘定居。

富人们为何都要去阿斯潘？另外九座城市纷纷对此展开了调查，结果是一致的：因为没有穷人。原来这九座城市，为了吸引更多的富人，也为了得到最理想居住地的称号，将当地所有的穷人，特别是乞讨者都赶了出去。

难道富人们都不喜欢跟富人住在一起，而喜欢跟穷人住在一起？

富人们提出的意见是：这么好的地方，为什么没有发展慈善事业？

这时，其他九座城市才明白过来，美国富人都热衷于慈善事业，将当地的穷人都赶走了，富人怎么发展慈善事业呢？可是，已经赶走的穷人都去了阿斯潘，再也没人愿意回来了。九座城市的领导者都慌了，最终出高价请回了一些穷人。但穷人们的数量还是不及阿斯潘。于是，富人们一致认定，阿斯潘应该排在美国富翁十大理想居住地之首。

事后，有好事的记者问阿斯潘的领导者：当初在其他九座城市纷纷将穷人和乞讨者赶出境内的时候，贵处为何不但不赶走他们，反而收留他们呢？难道你们早就想到了这些富人们需要慈善事业？

阿斯潘的领导者说：当时我们没有想那么多，我们只知道，如果一座城市里居住的全都是富人而没有穷人的话，那富人们的优越感不就没有了？如果居住在这里的富人们一点优越感都没有，那么富人们还会来这里定居吗？

心里不踏实的原因

　　两位老人在公园相遇了。他们一位是已退休的企业家，还有一位是流浪汉。企业家得知流浪汉这么大年纪了还住在天桥底下时，顿时起了怜悯之心。两人年龄相仿，命运却大不相同，企业家有好几处房产，而流浪汉却连个安身的地方都没有。于是，企业家决定送一套房子给流浪汉。

　　流浪汉惊喜地问："您是说您打算送一套房子给我，这可是真的？"企业家说："一点没错，如果你愿意，我现在就给你一串房子的钥匙。"流浪汉从企业家手里接过钥匙，高兴地说："那真是太好了，我从此再也不用睡在天桥底下了。"

　　一个星期后，企业家又在公园遇到了流浪汉。企业家本想问流浪汉住得怎么样。可还没等他开口，流浪汉便急切地说："这几天您去哪里了，我终于等到您了。"企业家问："怎么啦，那套房子住得不舒服吗？"流浪汉说："房子倒是住得挺舒服，可我的心里却不踏实！"企业家明白了，他肯定是怕自己反悔后又将房子收回去，于是说："要不我给你办个房产证吧。"当流浪汉看到房产证上写着自己的名字后，欢天喜地地走了。

又一周过去了。企业家再次在公园里遇到了流浪汉。企业家问："那套房子已经是你自己的了，这下住着心里该踏实了吧？"流浪汉摇了摇头说："不，我还是觉得心里不踏实。"企业家不解地问："那你要我怎么办你的心里才踏实呢？"

流浪汉继续摇头说："我也说不上来，总之住在那套房里，心里就不踏实，还不如住在天桥底下踏实！"突然，流浪汉像想起了什么，问："您住在自己家里时，心里踏实吗？"企业家随口反问道："我住在自己家里，心里有什么不踏实的？我的房子既不是偷的也不是抢的，更不是别人送的，是我通过辛勤的劳动挣来的！"

企业家的话刚刚说完，流浪汉就抱头痛哭道："您说得对极了，这才是我心里不踏实的原因啊，您住的房子是自己通过劳动挣的，而我住的房子却是别人送的！"说完，流浪汉将那套房子的钥匙还给了企业家，又住到了天桥底下。

石油大王将空气卖给

　　一艘装载着可可豆的货船，由古巴首都哈瓦那驶往西班牙的巴塞罗那。途经美国海域时，遇上事故而搁浅在棕榈滩岛的岸边。货主的名字叫亨利·弗雷格勒，那船货物是他的全部家当。可可豆因被海水浸湿，全部报废。亨利回到美国后，只能申请破产。对于做了大半辈子生意，经历过无数次失败打击的亨利来说，这次是最惨重的一次。

　　万般无奈，亨利只好上了棕榈滩岛。这一上岛不要紧，亨利顿觉神清气爽。原来，这里风景优美、树木茂盛，氧气含量比其他地方要高出很多。如果将这里的空气卖给美国那些富人，他不是可以东山再起了吗？

　　他先请人对空气做了检测，然后买地。由于棕榈滩岛地处偏僻，地价便宜得令人不敢相信。亨利以每平方英尺2美元的价格，买下了3万平方英尺的地皮。棕榈滩岛的总面积为4.4万平方英尺，凡能开发的地皮全部被他买走了。

　　下一步就是如何将这些地卖出了。亨利找到石油大王洛克菲勒。洛克菲勒听了，哈哈大笑地说："我没有听错吧，你想将空气卖给我？而且价格还超过了我的石油？"亨利说："没错。"

洛克菲勒说："说说你的理由吧，只要你能够说服我，我就买你的空气。"亨利说："我们都是生意人，都明白只有顾客觉得物有所值才肯花钱购买的道理。"洛克菲勒点了点头。

亨利接着说："我请专家做了一份调查。结果显示，美国的纽约等大城市由于污染严重，空气里的含氧量还不足18%，而人类维持健康生存的空气含氧量要达到20%或以上水平。现在医院里的氧气价格是每升10美元。我发现有个好地方，那里的空气含氧量达到了30%。您说那里的空气值不值钱？"

跟生命相比，金钱的价值就大大地降低了，石油大王何偿不懂得这个道理？于是，洛克菲勒毫不犹豫地花500美元一平方英尺的价格，从亨利手里买下了一块地皮。随后，亨利又将其他的地分别卖给了范德比尔特家族、卡耐基家族、梅隆家族以及后来的慕恩家族和贝克家族，因为只有这些富人才买得起如此昂贵的地。

棕榈滩岛是位于南佛罗里达迈阿密市以北65公里处的一个堰洲岛，西靠近岸内航道，东临大西洋。岛内的常住人口大约为1万人，旅游季节则有3万人左右。旅游旺季的时候，美国有四分之一的财富在这里流动。地价也一升再升，并且成了美国富人的聚集之地。

由于人口剧增，棕榈滩岛的生态环境遭到了破坏。有人给该地的空气做了检测，含氧量为16%，比纽约等大城市还要低。然而，依然有人不断地向那里涌去。他们并不是冲着那里的空气，而是冲着那里的富人们去的，因为想像亨利那样去赚富人们的钱！

慈善家和懒汉

76 岁的查克·费尼是一位拥有 80 亿美元资产的富翁，在过去的 20 多年中，他共向医院、孤儿院等各类慈善机构捐出 40 亿美元。他打算将剩下的 40 亿美元，在 2016 年前全部捐出，他只给自己留下了不到 100 万美元的财产。他的义举震动了美国慈善界，对比尔·盖茨和沃伦·巴菲特都产生了巨大影响。

查克·费尼自己的生活却异常节俭，他和妻子挤在旧金山一套一居室的出租屋里。他从没买过房，也不买车。他总是穿一套破旧的蓝色休闲西装，戴一块廉价的塑料手表，从不打领带，他的公文包只是一个普通的塑料袋。

人们从没见查克·费尼穿戴过名牌服饰。有一次在会见爱尔兰首相时，他戴着一副破旧的眼镜，上面夹着一枚别针，这眼镜还是他当初从街头杂货店里买来的。出门时，他总是选择乘坐公交车和的士。乘飞机时，他只坐二等舱。烤奶酪西红柿三明治是他的最爱，他从来没有吃过超过 100 美元一餐的饭。

在一次慈善宣传会上，有人突然向查克·费尼提问：“请问您每天工作多少个小时？"查克·费尼回答说："十个小时以上。"那人调侃地说："我真不明白，您每天那么拼命地工作，却将赚来的钱全都捐了出去。您知道吗？我是一个流浪汉，每天才花了不到一个小时捡垃圾，可我却生活得比您要好。"会场上顿时响起了一阵巨大的哄笑声。

很多人都等着看查克·费尼的笑话。这时，查克·费尼不慌不忙地说："这就是慈善家和懒汉最大的区别！"

弗兰克林公园的草

　　美国波士顿的弗兰克林公园，是该地最大的公园。在建立公园的时候，激情四射的美国人都争相参与，公园占地面积的多少，应该有些什么建筑，设立哪些景点，都成了争论的焦点。最后，大家的意见终于渐渐统一了，并且公园也顺利建成了。可还有一样事情没有得到解决。那就是公园里大片的空地怎么办　总不能让那些泥土赤裸裸地露在游人的眼前吧。于是争论的焦点马上从其他事情上转到了公园的空地上。有人出主意，不如在空地上种花，这样一到春天，便会吸引很多美丽的蝴蝶飞来飞去，其景观一定很美。有人马上提出反对意见，花儿大都在春天开放，如果到了冬天那又该怎么办呢　也有人说，只能在所有的空地都摆上盆景。又有人提出意见，那盆景底下的泥土会不会被大雨冲走呢　还有人甚至出主意，在那些空地上按春夏秋冬不同的季节，种上各种蔬菜水果，这样既解决了水土流失问题，还可以为公园附近的居民提供食粮。这次反对者更多了，一个这么大的公园，居然被当成了菜园，真是不像话　由于争议太大，一时间还真是不知道应该采用哪个方案，于是这件事就被耽搁了下来。但热心的民众并不罢休，便有人在空地上种上了花，也有人从家里搬来了盆景，当然，那些出主意要在这里种菜的人也没闲着，他们在空地上撒下了种子。一时间，真是百花齐放，好不热闹。可是，一到冬天，公园便慢慢地沉寂了下来。当花儿都枯萎了，蔬菜被人拔去吃了，盆景被大水冲走了，一切又都不存在了。就连人们争论的激情都没有了的时候，有人惊讶地发现，那片空地上竟然长出了一层密密的青草。那些青草很快便将整个公园的空地都占满了。最后，公园建设规划局决定，那些青草便是公园空地上的主人。

不管赏识你的人有多么能干，如果你不能干好自己的本职工作，还是一样要被淘汰。反过来，如果你能战胜一切像严冬一样的困难，哪怕你如小草一般渺小，在经历了无数风雨之后，最终定会走上成功的舞台。

第二辑

无成竹天地宽

胸无成竹
天地宽

　　日常生活中，如果要形容一个人会办事情，往往爱用"胸有成竹"这个成语，意思是说在做事之前已经有了成熟的考虑，各种情况都在自己的掌握之中。清郑燮《题画·竹》："文与可画竹，胸有成竹；郑板桥画竹，胸无成竹。"

　　这个故事是说：文与可都是画墨竹的高手。他在自己的创作实践中，总结出了一套"成竹"的经验。苏东坡说："画竹必须先将竹子留在胸中，画竹之前要仔细审看，然后再把它描绘出来。"成语"胸有成竹"就来源于此。

　　清代画家郑板桥也是画墨竹的能手，作品自成一派。然而他却主张"胸无成竹"的画法。他说："其实胸中的竹子，并不是眼中看见的竹子。而磨墨、展纸、落笔，一下子画出来的竹子又都变了形态，手中之竹，又不是胸中的竹了。"因此，他画竹不拘一格，任意挥来，手到竹成。

　　现代社会，信息爆炸，知识爆满，不说瞬息万变，也可谓日新月异。一个主意，一个点子，今天有用，明天就失效了。有人说，现在大学里学的知识，等毕业后走入社会，知识早已过期了。显然，胸有成竹者，多为经验老到的前辈；而胸无成竹者，则为肯学上进的后人。俗话说，长江后浪推前浪，一代新人替旧人。胸有成竹者多于说教，胸无成竹者重于学习，对于现代社会而言，显然更需要后者。因为，如果做人做事，只知一味墨守成规地成竹在胸，而不肯接受新鲜事物，那么成竹在胸者必定会走入死胡同。

有一个佛教故事说：小和尚去向老和尚学艺，老和尚问小和尚以前学了些什么？小和尚滔滔不绝地讲了半天后，老和尚说，你回去吧。小和尚不解地问，我是来学艺的，您怎么一点都不肯教我，就将我打发走了？老和尚说，你既然学了那么多的东西，哪里还用得着我来教呢？凡成竹在胸者，都不善于听取他人意见，因为他自己的胸中已经有了主意，哪里还听得进别人的良言呢？

只有彻底抛弃胸中的成竹，才能更好地学习和接纳新鲜事物，也才能与时俱进，创造出更多更好的成绩。要知道，胸有成竹便难容锦绣山河，而胸无成竹则可海纳百川。所以说，胸无成竹才能天地宽！

　　周末，罗伯特来到老朋友鲍勃的住处，见鲍勃一个人坐在新买的房子里对着一张报纸发呆，于是便问："鲍勃，你不是说要去钓鱼吗？为什么不准备渔具，却坐在这里发呆呢？"鲍勃看看手拿渔具兴致勃勃赶来约他去钓鱼的罗伯特，一脸惊讶地说："罗伯特，你可真是好兴致呀，都什么时候了，你还有心情去钓鱼？你没看到今天的报纸上说，现在不但新墨西哥州的房价在狂跌，就连整个美国的房价都跌疯了吗？"罗伯特不明白地问："这，跟钓鱼有什么关系吗？"鲍勃摊了摊双手说："我真是搞不懂你！怎么没有关系？我刚刚花高价买了一套房子，房价便跌了下来，谁还有心思去钓鱼啊！"罗伯特依然不解地问："难道你在做房地产生意？"鲍勃说："不，我没有做房地产生意。但是，你想想，原来我住在一栋价值 30 万美元的房子里，一夜之间，我却住到了一栋价值 20 万美元的房子里了，你难道不觉得我很亏吗？"

　　罗伯特突然觉得鲍勃的话很有道理，于是也开始发愁，因为他也花 30 万美元在新墨西哥州买了一栋跟鲍勃一样的房子，可是现在它却只值 20 万美元了。

整整 1 个星期，两人愁得茶饭不思，更别说去钓鱼了。

一天，罗伯特突然接到鲍勃的电话："嗨，老伙计，我们去钓鱼吧。"罗伯特说："你不是说，房价跌了，你没心情去钓鱼了吗？"鲍勃神秘地在电话里笑了笑说："告诉你一个好消息，报纸上说，现在的房价又涨了，像我们那样的房子现在要 35 万美元才买得到。"罗伯特听了高兴得跳了起来："真的？这么说，我们现在住在价值 35 万美元的房子里，我们可真幸福啊！"鲍勃说："是的，老伙计，我们真的很幸福，难道我们现在不应该去钓鱼吗？"

一旦给幸福贴上了价签，那么幸福便会像市场上的商品一样，时涨时跌。

雪莲花，在高温下绽放

　　丹麦著名童话作家安徒生的童话中有一种花，这种花在拉丁文汉语字典中被译为"雪莲花"，但它不是天山上的那种雪莲花。相同的是，也是属于一种喜寒的植物。哪怕是被厚厚的雪盖上几米深，在零下40摄氏度的低温中，只要有阳光照射，雪化时便会开出美丽的花朵来。由于异常珍贵，有人跋山涉水，不远万里地去观赏它开花时的景致。

　　按科学的方法分析，这种花是无法在高温地区生长的，因为它已经习惯了严寒的气候。可是有人却偏要将它移植到热带去，而且居然成功！那人说，如果一下子将它从严寒地带移到酷暑地带，它当然不可能成活。但是，只要每天给它增加一点点温度，当它适应了那个温度后，又给它再增加一点点温度……经过天长日久的培养，最后，它可以在40摄氏度的高温环境下生长，并开出花来。更有趣的是，雪莲花适应了高温的气候后，再以同样的方法将它移回原地，它也能从酷暑适应严寒，并成功地开出美丽的花朵来。

　　狂风暴雨办不到的事情，原来能被和风细雨浸个透。

俾格米人的习惯

雨季的第一个月，我随一家旅游团来到以刚果盆地为中心的森林地带。为了方便旅程，旅行团团长威尔逊雇了一个名叫拉特尔的俾格米人当向导。

据拉特尔介绍，俾格米人分布在喀麦隆、刚果、安哥拉等国，主要靠狩猎为生，是当今为数不多的原始部落，俾格米人在分猎物的时候有一个传统，每个人都将自己的那份放在石头上，拿走别人的那一份，以示公正无私。

俾格米人还有一个规矩，那就是所有进入刚果盆地俾格米人聚居地的游客，都要尊重俾格米人的生活习惯，如果发生冲突，后果将不堪设想。我们进入刚果盆地之前，就曾听说过有关俾格米人的种种传说。这次旅行，我们带着好奇和探险的心理，凡事都十分小心。值得庆幸的是，从进山一直到返回都非常顺利，虽然也没见过几个俾格米人捕猎时惊心动魄的场面，由于没与俾格米人近距离接触，也就没有发生冲突，此时人们提着的心才慢慢放了下来。

拉特尔说，因为上下山走的路线不同，下山的路十分崎岖，为了安全起见，车上的 40 名旅客要分两次下山，我被安排在第一批下山。当车子走到半山腰的时候，几名俾格米人手持长矛和大刀拦在了我们的车前，乘客们顿时吓得慌作一团。拉特尔说，不必惊慌，这是俾格米人的欢送仪式。人家都觉得很奇怪，来的时候不见有人欢迎，走的时候却拿着长矛大刀来欢送，这是什么规矩啊。

根据俾格米人的要求，我们每个人都要在一块石头上留下一样东西，再拿走一样东西。大家身边带的东西都是必需品，去掉哪一样都会很不方便，吃的东西也都留在了山下的旅店里，而俾格米人又不收钞票。就在人们面面相觑、不知所措的时候，拉特尔说，如果大家实在没有东西可以留下来，每人在附近捡一块石头也行。就在有人准备去捡石头的时候，一位叫罗伯特的旅客主动将自己手中的雨伞放在了石头上。那时正逢雨季，旅行团在出发前就给每个人准备了一把雨伞。罗伯特如果将自己的雨伞给了别人，那他不是要被雨水淋湿吗？就在人们陷入沉默的时候，又一位叫斯德克斯的旅客将自己手中的雨伞放在了石头上，罗伯特立即拿起斯德克斯的雨伞上了车。此时，大家才明白过来，罗伯特的做法确实很好，既解决了旅客们的困境，又尊重了俾格米人的习惯，站在一旁的俾格米人也表示同意。

下山后，大家一边等待后面的那 20 位旅客，一边谈论着刚才那有惊无险的一幕。如果大家都不肯拿出自己手中的雨伞，而去附近找一块石头，那么现在每个人的手里不都得拿着一块石头吗？还有人说，俾格米人其实很聪明，他们这是在试探我们生活在文明社会里的人，是否跟他们一样也拥有一颗公正无私的心。拉特尔解释说，这是俾格米人的一个习惯，他们认为每个人都要应该像他们一样公正无私。

后一辆旅游车回到了山下，另外 20 名旅客走了出来。人们惊讶地看到，他们的手里多了一块石头。

　　生活中，你给予他人什么，得到的是同等价值的回报。你给予他人善，他人便能回报你善；你给予他人恶，他人便回报你恶。这是永恒不变的真理。

辩论与争吵

　　古雅典雄辩家德摩斯梯尼，年轻的时候曾拜著名演说家伊塞为师。他问："老师，我要怎样做才能成为一名合格的辩论家呢？"伊塞说："成为辩论家的前提是，尽可能地获取更多的知识，只有拥有了丰富的知识，才能在辩论中立于不败之地。"德摩斯梯尼又问："老师，那么我应该怎样做才能获取更多的知识呢？"

　　伊塞说："多参加辩论活动，多与人辩论，知识都是从辩论中得来的。"年轻的德摩斯梯尼听不太懂："既然辩论需要知识，而知识又是从辩论中产生的，在我还没有获取知识之前，又怎么去与人家辩论呢？"

　　伊塞笑了，说："道理很简单，比如你想学习游泳，但又不会游泳，谁都知道，要想学会游泳的技术，就必须下水。哪怕你因此而呛到水了，也要勇敢地跳下水去。"德摩斯梯尼点了点头，拜谢而去。

　　几天后，德摩斯梯尼高兴地跑来告诉伊塞，说："老师，我终于学会与人辩论了。"伊塞望着德摩斯梯尼满头的纱布，皱着眉头问："你这是怎么啦，摔跤了？"德摩斯梯尼说："这是我与人辩论后得到的东西啊？"伊塞问："你与人打架了？"德摩斯梯尼点了点头，说："是的，虽然我在辩论中被人打了，但我感觉到自己学到了很多东西。您不是说过，要想学会游泳，就得下水吗？哪怕是呛到水了，也要勇敢地跳下去吗？我现在终于尝到呛水的滋味了。"

伊塞摇了摇头，说："你现在所做的，不是在与人辩论，而是在与人争吵。你这样去与人'辩论'是学不到任何东西的。"听了老师的话，德摩斯梯尼无可奈何地走了。

不久，德摩斯梯尼又垂头丧气地回来了。伊塞问："你怎么啦，又与人打架了？"德摩斯梯尼说："虽然我没与人打架，但我的心里却比跟人打了架还难受。"伊塞饶有兴趣地问："究竟是怎么回事，不妨说来听听。"

德摩斯梯尼叹了口气，说："今天在与人辩论时，我开始时还占了上风，后来竟然被人批驳得一句话也说不出来了，我的心里好难受。"伊塞哈哈大笑，说："你终于学会辩论了。"德摩斯梯尼还是不太明白。伊塞接着说："虽然辩论与游泳相似，但我所指的呛水却不是来自身体上的，而是能触及人的心灵的。辩论的最高境界便是将人批驳得无话可说，而不是将人打倒在地，令人失去还手之力。"

后来，德摩斯梯尼终于成了一代雄辩家，他在告诫弟子的时候经常说："与人辩论能交换知识，与人争吵却只能交换无知。"

很久以前，有两个荷兰商人，一个叫皮耶特，一个叫马塞尔。他们都有一艘属于自己的船，并且经常一起出海经商，又一起返回。

皮耶特和马塞尔每次出发前，都要仔细检查自己的船只。如果船只有被风浪损伤的地方，就会及时修补，因为他们谁都清楚，只要船只驶入深海，稍有不慎便会船毁人亡。

一天，皮耶特和马塞尔又一次满载而归。船只一驶入避风港，皮耶特便迫不及待地邀请马塞尔上岸喝酒。马塞尔说："我们还是先检查一下各自的船只吧。"皮耶特说："你的胆子也太小了吧，如果是在深海里，也许有这个必要，可是现在我们到家了，船只也已经驶入了安全的避风港，难道你还不放心？"

马塞尔说："我们刚刚经历过狂风巨浪，还是检查清楚的好！"皮耶特说："正是因为刚刚经历了狂风巨浪，才累得我浑身都散了架，加上一出海便是几个月，我早就想喝家乡的酒了，你不去我可得先走了。"

第二天，两人发现，皮耶特的船不见了，只有马塞尔的船好好的停在那里。马塞尔说："你的船会不会沉进水里了？"皮耶特不解地问：

"为什么在狂风巨浪中行走了几个月也没事，只在避风港里停留了一晚就沉没了呢？"

马塞尔说："我也不知道这是怎么回事，昨天我发现自己的船并没有多大的破损，只不过是出现了几个针孔而已，所以我便用木胶将其堵塞住了，见你正在喝酒便没跟你说，谁会想到，今天你的船就沉没了呢？"

两人带着满腹疑问，找到了一位老前辈。老前辈说："那是因为在深海里时，船只在狂风巨浪的推动下快速前进，海水根本就无法进入针孔，但如果船只静静地停在那儿，海水就会悄无声息地从针孔渗入，直至让船只全部沉入水中！"接着，老前辈又说："在我们船商的眼里，任何有损伤的船只，如果不及时修补的话，都属于破船，哪怕它仅仅只有几个针孔！"

　　有几个商人因海上的风暴打翻了船，而漂流到了一个陌生的国家。那个国家有一个奇怪的规矩，凡是新来的人都有机会得到一幢房子和5个女人。房子里的东西只能借用，永远不属于自己，而那5个女人中只能选一个作为妻子，其他四个则是仆人。但是，如果违反了规矩则会受到应有的惩罚。

　　对于饥渴交加的商人们来说，此时别说有这么好的待遇，只要有口饭吃，有个地方休息一下都是一个奢侈的梦。于是每个商人都得到了一座房子，还在5个美女中选了一个作为终生伴侣。

　　商人们各自走进自己的房中一看，不由得大吃了一惊，里面的设施豪华得让他们瞪大了眼睛。所有用具都是金银打造，就连床帘都是珍珠串成。而5位美女在金碧辉煌的屋子里更显娇俏迷人，特别是那位被挑选为妻子的，更是体贴有加，当晚就跟他入了洞房。

　　其中有一位商人想，如果一辈子就这样过着安逸的生活，再也不用受海上的风暴和颠簸之苦多好啊，早知道人世间还有这么个好去处，我怎么就没早点来呢？日子一天一天地过去，商人也将自己的房子看了个透，凭着商人精明的眼光，他将房子里的金银财宝估了一下价，所有财宝的价值是一个天文数字。哪怕是任意取几件东西，也够商人吃用几辈子了。可是，这么多的好东西，却只能使用，最终都不属于他。最让商人难受的是，每日与5位美丽的女子相处，却只能与一位同床共枕，其他四位同样貌美如花的女子则是水中花镜中月。

终于有一天，商人决定私藏一些财宝，一部分送给其他四位女子中的某一个，还有一部分留着干点别的，留点私房钱总是有好处的。反正没人看管，而这些东西他又可以随便支配，悄悄地藏一些起来又有何妨？就在他刚刚将东西藏好，房子财宝和美女全消失了，他又回到了原来的海边。他惊奇地发现，另外几位商人也在那里，似乎比他还先到。他们又成了一群落难的商人。

这就是因贪变贫的教训，这样的例子在现实生活中实在太多了，可是，面对诱惑，很多人就是控制不住自己的贪欲。机会对于每个人都是均等的，每个人刚来到这个世界上的时候，都拥有空气阳光和水，但又没有什么东西真正属于自己，世间万物都只能拥有支配权。如果过分贪婪，最终便会失去自我。

有一个年轻人，由于是毕业于名牌大学，并且成绩不错，被许多公司争着聘用。年轻人进了一家自己认为不错的公司。可是，令他意外的是，这家公司里上至总经理下到普通职员，竟然没有一个人是毕业于名牌大学的。开始，年轻人还感到很失望，因为他觉得在这里肯定学不到什么东西，慢慢地，他便得意起来。因为别人在看他的眼睛里总是带着羡慕的光芒，这种光芒令他不管走到哪里都有优越感，于是，他在这种光芒中日益变得骄傲了起来。他开始嫌同事们素质低，跟他们在一起没有共同语言，他又嫌总经理没眼光，总是重用那些比他学历低的人，而不重用他。由于心怀怨气，他曾多次跟同事们发生争吵，结果是，所有人只要见到他都远远地躲开。最后，他不得不选择离开。

到了另一家公司后，刚开始时，他还谦虚地向人请教，认真地熟悉业务。可是，慢慢地，他又发现，这里的名牌大学毕业生居然也少得可怜，除了总经理一个人是名牌大学毕业生外，就是他了。于是，他又对同事们不满起来。令他不解的是，以前那家公司的总经理因为不是名牌大学毕业生，没有眼光而不重用他，这家公司的总经理是名牌大学毕业生，也同样没有眼光不肯重用他。他的怨气就这样在心里越积越深，最终令所有人都对他敬而远之。他不得不再次选择跳槽。在跳过无数次槽之后，年轻人也变得不再年轻了，跟他一起毕业的同学，甚至那些没有考上名牌大学的同学，都已功成名就，可是他依然还在为找一份合适的工作而奔波。

有一次偶遇这位年轻人曾经服务过的公司总经理，他跟我说起了这个年轻人。总经理的比喻颇为深刻。他说这个年轻人很像一种身带盾牌的鱼，这是一种生活在大西洋里的盾牌鱼。它的形象有点像我们熟悉的鲤鱼，所不同的是它头上长有一块蚌壳般的硬壳。这块硬壳坚硬得很，用又尖又锋利的刀子都扎不动。盾牌鱼头顶硬壳像古代手持盾牌的兵士一样，令人生畏，就是力气比它大的鱼顶多是推着它的盾牌在水面上游来游去，根本伤害不了它。如果碰上嘴很大的鱼把它吞到肚子里去，它头上的盾牌便如一把大块刀，能划破大嘴鱼的肚子，让大嘴鱼与它同归于尽，所以，从来没有哪种鱼敢碰盾牌鱼。盾牌鱼头顶的盾牌虽然保护了自己免受敌人的伤害，可是也拒绝了亲人朋友的亲近。最终，因为失去了亲人和朋友，盾牌鱼只得孤身在大海里漂流一生。

一个人，不管拥有多么显著的成绩，还是过人的学识，都少不了亲人朋友和同事们的帮助。如果不善于虚心进取，与人协作，那过人的学识便会变成骄狂而锋利的盾牌，最终只能是伤人害己。

独立而不独行

青年甲从小父母就教育他，让他学会独立。于是，他一岁的时候，便学会了走路，两岁时便坚决不再拉着父母的手，三岁便能独自去幼儿园。12 岁上初中时一个人背着行李就走了，他独自去交学费，找宿舍，找床位，铺被子，虽然初来乍到环境不熟，跑了些弯路，但毕竟是自己动手完成这一切的，一点也没有依赖他人，他心里充满了自豪。

18 岁时，他进了大学，同样是一个人坐上了去外省的列车，第一次走出了省门。从此，他更加独立，不但生活上，他将自己照顾得很好，在学习上，他也尽量自己去找答案。哪怕上课时没听懂，他也会利用下课时间去图书馆找资料，然后花上几倍于课堂上的时间来求证，他几乎没有给同学和老师们带来一丁点儿麻烦。看到自己的儿子这么独立，父母很高兴，并深深地为能有这么一个儿子感到自豪。

青年乙，在他一岁的时候，还不会走路，于是父母将手伸过去牵着他走。在他两岁的时候，他还经常摔跤，每次摔倒之后，父母总是远远地看着，并鼓励他依靠身边的物体爬起来，如果他的身边没有任何可以借助爬起来的物体，则告诉他，可以向父母求援，让父母伸出一只手来帮助他站立起来。在他上幼儿园时，父母告诉他，他可以跟邻居家的小孩一起去。或者跟在邻居孩子父母的身后去，也可以向自己的父母求助。

上中学的时候，他的父母总是要问他跟同学们的关系怎么样，相处得是否融洽，有没有找老师问过不懂的问题。到了大学，他的父母会问他跟其他大学的同学有没有联系，认识了多少位社会知名人士。

在两位青年大学毕业即将走向社会时，那位青年甲茫然了。因为要想找到一份好工作，就必须走出校园，将自己融入社会，而要做到这一点就得求人。可是，青年甲从小就养成了独立的习惯，不善于也从没求过人，甚至很少与别人交往。而青年乙则运用自己的交际能力，调动自己的社会关系很快找到了一份好工作，不久又成功地说服身边的伙伴，一帮年轻人拉杆子办起了公司。

自古，人们就要求自己的孩子学会独立生活，却不知在越来越先进的社会里，已没有了真正意义上的独立，不管是个体户还是办公司，都得求人。如果你是一名求职者，你就得求别人给你一个就业的机会，让你在别人提供的平台上发挥出自己的才干。如果你是一位公司的老总，就得求人给你当帮手，帮你一起办公司，打天下。没有哪一个人能够独立完成一项事业，团队的力量永远大于个人的力量。历史上所说的礼贤下士，三顾茅庐也就是一个求人的过程，用书面语来说就是交际，也叫做人与处世。天时地利永远也赶不上人和，只有学会了做人才能更好地处世，也就是说只有充分发挥好了自己的人际关系，才能更快地到达成功的彼岸。

为死后的表情负责

　　人在生时，可以有很多表情：高兴、满足、平静、满怀希望，还有绝望、哭泣、愤怒，以及深深的哀伤……每一个表情，都能透露出人的内心世界。

　　中国有句古话，叫做"相由心生"。美国总统林肯有一句名言是："一个人要对他四十岁以后的相貌负责。"表情是心灵的折射，可以影响一个人的容颜。一个拥有快乐心灵的人，表情也自然生动可爱；一个心怀善意的人，表情自然会和蔼可亲。所以，养颜必先养心。总把别人往坏处想的人，绝不会快乐。当一个人在嫉妒、诽谤、埋怨、挖苦和打击别人的时候，他的心境决不会明朗，表情也会跟着丑陋起来。而经常的丑陋，会定格在原本端庄的容颜上。

　　当一个人在感恩、赞扬、欣赏、宽容和帮助别人的时候，他的心境必定是开阔的，表情也会变得自然而端庄。如果经常这样，就会给人一种无限的亲和力。

　　最近，欧洲一家网站推出了一组图片，主题叫做"为死后的表情负责"，其中被拍摄的人中有科学家、官员、警察、作家、银行家、医生，还有农民，工人。而那些表情也跟人们在生时的一样丰富：高兴、满足、平静、满怀希望，还有绝望、哭泣、愤怒，以及深深的哀伤……每一种表情都不缺少。

那些拥有高兴、满足、平静的表情的人，均被人认为他拥有一个无憾而成功的人生；而那些拥有绝望、哭泣、愤怒的表情的人，均被人认为他拥有一个遗憾而失败的人生。

该网站说，人在生时，面目狰狞还可以通过努力来改变自己的表情，可是，一旦死后，表情就已经固定，再也没法改变了。中国有一句成话叫"盖棺定论"，一个人，只有死后才能真正得出结论，他是一个好人还是一个坏人。

所以说，一个人在对自己生前表情负责的同时，更应该对自己死后的表情负责！而要做到这一点其实很简单，那就是：趁着生命尚存，不与人争、快乐生活。

对于吉卜赛人，在人们的心中一直都很神秘。这主要是各地的人对他们的认识存在很大的不同。法国人认为吉卜赛人多是酒鬼，俄罗斯人则认为吉卜赛人多是赌徒，西班牙人又认为吉卜赛人都是术士，希腊人则认为吉卜赛人都是好心人。

因为法国人见到的吉卜赛人都喜欢喝酒，而且总是喝得醉醺醺的，所以便叫吉卜赛人为"酒鬼"；因为俄罗斯人见到的吉卜赛人总是喜欢往赌场跑，所以俄罗斯人总是称吉卜赛人为"赌徒"；因为西班牙人见到的吉卜赛人都是一些江湖术士，所以便称吉卜赛人为"术士"；因为希腊人总是看到吉卜赛人热情助人，所以便将吉卜赛人叫做"好心人"。

为什么各地的人，对于吉卜赛人的称谓与认识，会有如些大的区别呢？难道吉卜赛人真的如传说的那样，具有变幻多端的本领？

现在，我们便来简要地介绍一下吉卜赛人：吉卜赛人因为不懂生产，所以他们都会以流浪的方式来生活。在流浪的时候，他们会做一些生意，将东家生产的物质卖到西家，将这里的特产卖到那里，他们从中赚取一些差价。也有一些不做生意的，便以魔术、杂耍等方式谋生。还有一些人什么也干不了，便以乞讨为生。总之，他们都是流浪的、依靠别人来生存的人。既然要依靠别人，就得跟别人搞好关系。于是，为了与各地的人搞好关系，吉卜赛人只得入乡随俗，跟着当地的人学习当地的一些风俗习惯。

因为法国人喜欢喝酒，吉卜赛人便学会了喝酒；因为俄罗斯人喜欢赌博，所以吉卜赛人学会了赌博；因为西班牙人迷信，总是喜欢用江湖术士来驱魔，所以吉卜赛人成了江湖术士；因为希腊人喜欢互帮互助，所以吉卜赛人也学会了帮助他人。

这时，人们终于明白，原来，吉卜赛人都是一样的，不一样的是吉卜赛人进入的那个环境。

　　有一个年轻人，大学毕业后参加了工作。上班一个月不到便跟父亲抱怨，原来，当总经理来到他们部门视察工作时，另一位和他同时参加工作的同事手里正好拿着扫帚在扫地。望着总经理对那位新同事赞许的笑脸，这位年轻人心里很失落。他生气地对父亲说，那小子太机灵了，以前都是他在打扫卫生，偏偏今天因为别的工作将打扫卫生的事情忘了，而被那小子抢了扫把。

　　父亲平静地对他说，如果你每天都将办公室打扫得干干净净，那么别人还有机会从你的手里抢走扫把吗？年轻人觉得父亲的话有道理。于是，在以后的日子里，他几乎包揽了办公室里的卫生。

　　不久，年轻人又遇到了烦恼，他的策划方案一份都不被采纳，而总是采用老员工的方案。父亲还是平静地对儿子说，那是因为你还缺少老员工的经验，你只有虚心地向老员工学习，尽快获取工作经验，才能跟得上公司发展的步伐。年轻人从此潜心学习，经过一番苦练，他的策划方案已经非常成熟，并且大部分都被采用了。

　　可是，年轻人又遇到了烦恼，因为有同事老是在主管面前打他的小报告。父亲依然平静地对他说，那是因为你还有缺点，如果你的业务过硬，而在为人处世上又能做到谦和待人，还有谁会打你的小报告呢？

后来，年轻人被提拔成了新部门的主管，而原主管则无法接受一下子与他平起平坐的年轻人，于是处处与他为难。年轻人又遇到了烦恼。父亲还是平静地告诉他，不但要不断提高自己的业务水平，还要学习管理知识，只有将工作做得尽善尽美，对手才没有机会还击。年轻人又照做了。

再后来，年轻人被提拔成了经理，整个公司只有两位经理，理所当然地，他与另一位经理又发生了矛盾。结果又遇到了新的烦恼。父亲再次说话了，你难道没有觉得你烦恼的对象在悄悄地改变吗？首先是新同事，然后是老员工，后来是部门主管，再后来又是经理。要进步就有竞争，人生的每一个阶段都会遇到新的对手，从另一面看，不是证明了你的进步吗？年轻人豁然开朗，从此不再烦恼，而是以积极的心态去面对工作和生活。

是的，人生总是喜忧参半，从阴暗的角度看到的是烦恼，从光明的角度看到的则是进步！

　　张良自祖上五代，便是韩的将领。在韩灭亡之后，张良也失去了家园。于是，在今后的选择去向上，张良犯了迷糊。

　　凭他的才干，肯定不可能一辈子不出山，老死山林。那么，他应该去秦国？那可是灭了韩的仇人啊，不但韩的故人会骂他，就是他自己也无法原谅自己。或者去投靠项羽？项羽那时实力雄厚，会不会重用自己呢？再要么就去投靠刘邦。那时，刘邦正在用人之际，并早就对张良伸出了橄榄枝。但张良却觉得刘邦的实力还是小了一些，怕难成大事。一时间，张良还真不知该何去何从。

　　那天，张良的一个部下，同时也是他儿时的玩伴，约他去钓鱼散心。他们来到了一处水域，分别找地方坐了下来。两人几乎同时下钓，但好长时间过去了，两人都一无所获。

　　这时，张良有点耐不住了。张良是个聪明人，脑子好使。而他的部下却是个愚笨的人，不但处事不灵活，还常常有"一根筋"的表现。张良想，既然这里没有鱼，那就赶快换个地方吧，去别处碰碰运气，或许会有更多收获。

可是，换了地方之后，张良还是没有钓上来一条鱼。于是，张良又换了一个地方。就这样，一个上午，张良便换了十几个地方，但均没有收获。等张良回过头去看他的部下时，他居然钓了满满一篮子鱼。张良的部下不解地望着他说，你比我聪明，为何一条鱼也没钓上来？我这么愚笨，为何却钓了这么多鱼呢？莫非那些鱼喜欢愚笨的人，而不喜欢聪明的人？

张良猛然惊醒。其实鱼儿喜欢的不是聪明人，也不是愚笨的人，而是那个能够坚持的人。他既然已经收了刘邦的信，就应该一心一意地跟着刘邦。第二天，他决定去投靠刘邦。后来，他跟随刘邦，南征北战，出谋划策，最终成就了一番伟业。

人生中，不管是做什么事，都应该有所坚守。如果遇到了点挫折，便打退堂鼓，或者做事朝三暮四，蜻蜓点水，就是再聪明，也终将一事无成。而一个懂得坚守的人，就是稍显愚笨，也能成就大业。

成功从陪练开始

一个新人，第一次踏入职场，会有人将他带到一个老员工的身边，并说："你的工作就是协助他……"也就是说，他不过就是个陪练。如果他甘于当个陪练，那么很快就会被淘汰，不管走到哪里，也只能是个陪练，永远都是个职场新人。如果他不甘于当一个陪练，在经过努力之后，他就会成为一个业务熟练的人，甚至还会有不断升迁的机会，最终成为一个成功的职业经理人。

一个人，跟着另一个人学做生意，起初，他也只是个陪练。别人出差，他作伴，别人进货，他帮着扛包。如果他不甘心当陪练，撒手不干了，那么他永远也不知道生意应该怎样做。但是，如果他甘于当一个陪练，时间久了，他的心里便有了一本"生意经"。由此，他会发现，他的身边居然潜藏着许多"生意"，最终他会成为一名成功的商人。

一个人被选拔为运动员，刚开始时，他也只是一个陪练。因为跟他一起的人都是陪练，如果他甘于当一个陪练，每天打混得过且过，那么他的运动水平永远也无法提高，有可能一辈子都是个陪练，一直到退休。但是，如果他不甘心只当一个陪练，而是努力地学习运动技能，很快就会在众多的陪练中脱颖而出，那么他就会成为主将。他不但不是陪练了，还会有参加大赛和夺取金牌的机会，最终会成为一名运动明星。

一个演员，初次出演时，只分得了一个小角色。也就是说，他只不过是主角的一个陪练。如果他不甘心当这个陪练，一心想当主角，因为没有名气，也没有演技，不旦主角上不了，就连出演小角色的机会也失去了。但是，如果他甘于当这个陪练，先由小角色干起，慢慢地，他就有了出演主角的机会，最终会成为一位大明星。

生活就是一个大舞台，人生就是一场戏。没有人一出生就能成为主角，再大的成功也都是从陪练干始的。所以，作为一个新人，不管你甘不甘心当一个陪练，都得从陪练开始。

伟业如何建立

　　最近，美国一家网站调查了 1000 位成功人士，其中包括已经做出重大贡献的科学家和作家，拥有庞大产业的企业家和商人，家喻户晓的超级体育明星和影视明星，以及其他拥有巨大成就的成功人士。

　　这些成功人士中，有 99% 都说不清楚自己为什么能成功，在成功之前，也没有一套完整的实现成功的计划书。他们有的是凭着感觉、有的是因为勤奋、有的是因为爱好，所以一直没有放弃对成功的追求，最终成就了人生的伟业。

　　接着，那家网站又向公众征集了 1000 份最完美的成功计划书。其中包括如何成为一位伟大的科学家和作家、如何成为一位成功的企业家和商人、如何成为一位超级体育明星和影视明星等。经过层层筛选，1000 份最完美的成功计划书，在专家们反复讨论后终于评选出来了。这些计划书之所以完美，不仅因为它极其诱惑力，而且具有可操作性，还因为它详尽的介绍，比如说每小时应该做的事情、每天应该做的事情、每年应该做的事情，具体到休息多少个小时，工作多少个小时，还列出了启动资金和最终达到成功后的费用。

这 1000 份完美的成功计划书，让人看后就有想实现成功梦想的冲动，并且坚信自己能够成功。随后，网站又对这 1000 份完美计划书的拟订者进行了采访。结果发现，这 1000 个人全是失败者，或者说是正在努力追求成功梦想，但还未成功的人。

这下，人们迷惑了。为什么那些手握完美计划书的人，却不能成功，而那些完全不懂如何成功、从没做过任何计划书的人却成功了呢？

最后，网站得出结论：人之伟业的建立，不在知，乃在行。

靠自己的力量飞翔

艳阳高照，风儿骤停。一只鸟儿落在了一棵树的枝头上，它想停下来休息一会儿。这时，一只风筝飘飘摇摇地从天而降，并落在了鸟儿的面前。

鸟儿望了风筝一眼，觉得有些奇怪。于是，问风筝："你是从哪儿来的？在这里干什么？"风筝反问鸟儿："你又是从哪里来的？在这里干什么？"鸟儿回答："我是从天上来的，因为飞得累了，在这里歇歇脚。"风筝也说："我也是从天上来的，在这里歇歇脚。"

鸟儿又问风筝："这么说，你也会飞翔？"风筝说："我当然会飞翔了，不然，我怎么会是从天上来的呢？"鸟儿看了看自己，又望了望风筝，说："为什么我觉得咱们有点不一样呢？"风筝说："有什么不一样的？你看，你有一对翅膀，我也有一对翅膀，所以我们都会飞呀。"鸟儿仔细看了看自己，又望了望风筝，点了点，说："你说得对，咱们都有翅膀，确实是一样的。"

就这样，在跟风筝玩了一会儿后，鸟儿觉得已经歇息够了，于是对风筝说："我要飞走了，你要不要跟我一起飞走呢？"风筝说："我也歇息够了，当然也要飞走了。"

说着，鸟儿扑的一声展开了翅膀，并飞离了枝头。可是，风筝依然没有动静，鸟儿赶紧对风筝说："快呀，咱们一起飞走呀。"风筝急得满头大汗，说："我、我怎么飞不起来了呢？"鸟儿说："你不是有一对翅膀吗？只需要跟我一样，展开翅膀就能飞起来了。"

可是，任凭风筝怎么展翅，依然飞不起来。这时，风筝想起来了，说："可能是因为没有风吧。"鸟儿说："咱们有翅膀，要风干什么？"风筝说："我以前飞翔的时候，也是因为有风的缘故。"

鸟儿说："我只靠自己的力量飞翔。"说完，便远远地飞走了。而风筝依然停在树上，苦苦地盼望着风的到来。

飞越千山万水，要靠自己的力量，走过漫长人生，也要靠自己的力量。凡是依靠别人力量取得的成功，注定不会长久。

　　从前，有一艘商船，不幸在海上遭遇了强台风。在与强台风激战了几个小时后，商船与一个小岛相撞，便变成了一堆碎片，所幸船上的几名随行人员都成功地攀上了小岛。

　　尽管一船货物全打了水漂，但商人们随身携带的食物与枪支还在。可是，虽然不至于饿死，也不必害怕海盗和野兽的侵袭，但总不能在这个小岛上呆一辈子吧。

　　渴望离开小岛的商人们开始寻找各种机会。他们一致认为，要想成功地离开小岛，首先得有一艘船。于是，有人自告奋勇地去砍伐木头，可是，还没有砍倒几棵树，他们便一个个累得气喘吁吁了。很显然，就凭他们几个人的力量，是砍不够一艘船所需的木头的，就更别说造一艘船了。

　　有人出主意，不如拿钱去雇用岛上的居民。谁知，那些世代生活在岛上的居民根本就没见过他们的钱，也不知道那些钱有什么用，所以，也就没人愿意给他们干活了。

　　还有人出主意，不如用枪逼迫岛上的居民，用武力来让他们去砍伐树木，建造船只。这个方法确实奏效。但随后他们便发现，给那些干活的人，大都是些跑不动的老人，而年轻人早跑得没影了，更令他们没想到的是，不久，那些年轻人便拿着长矛大刀将他们围了个水泄不通。

最后，一个叫普林顿的美国人，站了出来，他只不过跟岛上的居民说了几句话，便成功地得到了一艘船。

其他人不解地问普林顿："我们用金钱，用武力都没有解决的事情，你怎么几句话便解决了？你究竟跟岛上的居民说了些什么？"

普林顿说："我只不过是跟他们描述了大海的魅力，我说大海里有鱼，有虾，还有其他好多能吃的美味。他们问我怎样才能得到这些东西，我告诉他们，首先得有一艘船！"

战胜风浪后的快乐

有两个年近 80 岁的老人，在夕阳下散步时，偶然相遇了。他们一个是在商海中打拼了一辈子的巨商，另一个虽然不是巨商，但也是个富翁，只不过他的钱不是靠自己挣来的，而是父辈留下的遗产。

因为闲着没事，于是两个老人便开始闲谈起来。两个老人几乎同时发出了感叹，到了这个年纪，就是有再多的钱，也不过是一串数字而已，钱对他们来说，也早已失去了意义。现在，两个老人共同的观点是：人生最主要的是，应该享受到的快乐，都已经享受到了！

当谈到享受快乐时，富翁一脸满足地对巨商说："虽然我们都是有钱人，也都尝尽了人间的快乐。可是，同样的快乐，你却付出了一生的辛劳，而我，可是毫不费力便拥有了！"

巨商摇了摇头说："你说的可不全对，有一样快乐，我享受到了，你却没有！"富翁不服气地说："不可能，在这个世界上，锦衣玉食、豪宅香车，我哪样会比你享受得少？只要你享受到了的快乐，我肯定也享受到了，因为我的钱并不比你少！"

巨商笑了笑，反问道："战胜风浪后的快乐，你享受到了吗？"见富翁不吭声了，巨商接着说："在精致的玻璃缸里游来游去的金鱼，虽然悠然自得，但它永远也享受不到战胜风浪后的快乐！"

心里装着事业的人不觉苦

一个农夫，某天去哲学家家里做客。农夫问："您每天不是读书，就是伏案写作，难道不觉得辛苦吗？"哲学家说："因为我有事业心，所以不觉得辛苦。"

农夫又问："什么是事业心？"哲学家想了想，说："不如，我们来做个试验吧。只要你按照我说的方法去做一做，就知道什么叫事业心了。"农夫点头答应后，哲学家接着说："请将你的左手握成拳状，往前伸直，然后将右手也握成拳状，高高举起。接着迈步向前，每走两步后，将左手往两边摆动一下，然后再走两步，将举起的右手放下，又举起。就这样，一直重复着这些动作，转圈儿。"

虽然农夫不明白哲学家为什么要他做这些动作，但他还是照做了。大约过了半个小时，农夫受不了了。哲学家问："感觉怎么样？"农夫说："受不了，太辛苦了！"

哲学家笑着问："请问，你会耕田吗？"农夫说："笑话，我是一个农夫，耕田那是我的工作，我要是连田都不会耕，那还叫农夫吗？"

哲学家说："你能将你平时耕田时的动作，在这里示范一下吗？"

农夫毫不犹豫地做起了耕田时的动作。只见他左手握成拳状，往前伸直，然后将右手也握成拳状，高高举起。接着迈步向前，每走两步后，将左手往两边摆动一下，然后再走两步，将举起的右手放下，又举起。慢慢地，农夫发现，自己做的动作，怎么跟哲学家让他做的动作是一样的呢？

哲学家笑了笑，问："你在耕田时，会觉得辛苦吗？"农夫说："不但不觉得辛苦，还觉得很愉快。"哲学家又问："都是相同的动作，一个觉得辛苦，另一个却不觉得辛苦，那是因为什么？"农夫答："因为在耕田时，我心里想着丰收，所以便不觉得辛苦。而刚才，我在做您让我做的动作时，心里什么也没想，所以便觉得辛苦！"

哲学家拍手道："这就是事业心。"

双手插在口袋里的人

杰弗里对牧师说："上帝真的是太不公平了，总是让有能力的人得不到机会，而没能力的人却成功了！"牧师不解地问："怎么啦？"

杰弗里说："约翰，你知道吧，他曾经是我的同学，那时，他的成绩糟糕透了，还经常抄我的作业，现在他居然当上了作家，不但出了很多书，拿了许多版税，还上了电视。像这么一个没能力的人，上帝却让他成功了！"

牧师说："可是，我听说约翰很能吃苦，常常写作到深夜……"还没等牧师将话说完，杰弗里又接着说："还有个叫凯文的人，你知道吧，他也是我的同学，就他那个身体，连多走几步路都会喘不过气来，上体育课时经常不参加，有一次爬山，还是我将他背上去的，现在你猜怎么样？他居然成了体育明星！"

牧师说："我听人说，凯文除了吃饭睡觉，所有的时间都花在了训练上……"没等牧师将话说完，杰弗里又接过了话头说："特别让我生气的是迈克，那时在学校里的时候，他连鸡腿和牛肉都吃不起，天天吃面包夹青菜叶，现在居然开上了酒楼！"

这次，牧师没有急着说话，他在等杰弗里将话说完。可杰弗里却急了，他说："牧师，你怎么不说话了？你说上帝是不是不公平？"

牧师这才开口说："要我说，上帝是公平的。他让饥饿的人有肉吃，让身体瘦弱的人懂得锻炼的重要，给了每一个小丑鸭做白天鹅的梦想。难道这还不算公平吗？"接着，牧师又说："对于人生来说，成功就是一架梯子，不管你攀登的技术是好还是坏，但有一点值得记住，双手插在口袋里的人是永远也爬不上去的。"

毁于顺境的船

一个名叫迈克的人，少年时家境贫寒，青年时虽努力奋斗，但总是遭遇失败。40 岁之前，迈克和妻子、儿子一家三口，依然住在贫民窟，买打折的食品，穿廉价的衣服。尽管生活艰难，但迈克总是尽己所能地照顾着妻儿，只要有时间便陪伴在他们身边，一家人也算其乐融融。

可是，在迈克 40 岁之后，这一切便发生了改变。因为迈克在十多年前买的一支股票突然升值，迈克一夜间成了百万富翁。迈克不但在市中心购买了高级住宅，还开上了豪车，并且再也没时间陪伴妻儿了。

但，仅仅三年时间，迈克便将所有的资产挥霍一空，当他再次回到贫民窟时，妻儿也早已离他而去。

一个名叫哈里的人，少年时便梦想成为成功的商人。为了学到最好的"生意经"，他给不少公司打过工。可是当他自己开公司时，却总是遭遇失败。当然，哈里是一个不言放弃的人，尽管屡战屡败，但他依然屡败屡战。

在哈里 35 岁那年，他的公司终于走上正轨。之后的短短几年时间，哈里的公司从最初的小公司，变成了大公司，又从大公司变成了巨型公司，他的总资产达到了亿元。

取得了成功的哈里，突然感到了前所未有的轻松，他觉得自己已经到了好好享受一下的时候了。哈里将公司交给助理打理后，自己买了一艘游轮，开始环游世界。

不到 5 年时间，哈里的公司破产了，因欠下巨额外债，哈里不得不变卖资产。于是，他的游轮没有了，他又成了一个穷光蛋。

据一位名叫罗伯森的经济学家介绍，在美国，这种在逆境中奋起，在顺境中倒下的人，占全国的百分之九十以上。

于是，罗伯森得出这样一个结论："大多数人，都能承受逆境，却无法驾驭顺境。正是因为这样，所以在全球，长盛不衰的巨型公司和顶尖富翁，总是非常少见。而这些少见的顶尖富翁和巨无霸公司，也一定是能够承受逆境，同样能驾驭顺境的人和公司。因为驾驭顺境比承受逆境更重要。"

有人经过调查发现，那些在大海里航行的船只，在逆风时，虽然速度很慢，但危险很小，在顺风时，尽管速度快，但风险也很大，一不小心便会发生沉船事故。

所以，我们在能够承受逆境的同时，更应学会怎样正确地对待顺境，别让闯过无数逆境的人生之船，毁在顺境之中。

鱼死网破的失败

1987年，美国有一家著名的大公司，与另一家小公司发生了合并纠纷。大公司因为实力雄厚，所以将小公司逼得无路可走了，于是，大公司提出与小公司合并。小公司誓死不从，并且请求大公司给他们让出一条生路。

大公司为了早日吃掉小公司，于是派出间谍，盗取了小公司的最新技术。此时，大公司有两条路可以走：一条路就是用小公司的最新技术，将小公司挤出市场，让小公司彻底臣服于大公司。然而，此举也会冒风险，因为一旦小公司发现大公司盗取了他们的最新技术，便有可能闹上法庭，这样一来，后果便难以预测了。还有一条路，那就是给小公司让出一条生路，大家从此井水不犯河水，这样大公司没什么损失，当然也没有任何利益，但小公司却有了生存之路。

大公司在再三权衡之后，还是决定彻底降服小公司。果然，小公司很快就陷入了绝境。就在小公司即将倒闭，或者说是在被迫接受收购的最后关头，终于找到了大公司盗取他们最新技术的证据。为此，两家公司打了一场长达数年的官司。由于长时间的无谓耗费，最后，大公司与小公司一起破产了。

哲人说过："人处于弱势时要懂得隐忍，懂得保存实力；处于强势时不要把对方逼上绝路，以免鱼死网破。"

其实，在我们的生活中，有很多鱼死网破都是可以避免的，有时给对手留条退路，也是给自己留条出路。因为，不管你有多么强大，也不管你是何等的弱小，只要与对方拼了个鱼死网破，最后的结果都是一样的，那就是——失败。

尼古拉第3次失业后，沮丧地待在家里再也不愿去找工作了。他的爷爷，也是这个小镇上最出名的老铁匠，对他说：尼古拉，你能够告诉我你失业的原因吗？

尼古拉说：我去第一家公司上班的第一天，就正好遇上了公司赶货，主管让我晚上加班。我说，我是新来的，不如过几天再加班吧。主管便告诉我，你还是不要再来了。就这样，我第一次失业了。

尼古拉接着说：第二家公司要求我从底层做起，所谓的底层就是打扫卫生，我问，我要打扫多长时间的卫生后才能让我正式上班。主管说，那需要等新招来的员工顶替我时，才能结束我打扫卫生的工作。天呐，这家公司原来根本就没有清洁工，如果公司不再招人，我就得永远做那份清洁工的工作。当然，我只好决定不去了。

尼古拉还想说下去，却被爷爷打断了。爷爷说：尼古拉，你还是到爷爷的铁匠铺去帮一下手吧。爷爷将一块烧红的铁块放在钢砧上，让尼古拉用铁锤敲打，尼古拉一使劲便在烧红的铁块上砸出了一个坑。爷爷又让尼古拉去砸一块冷却后的铁块，结果，只一锤，铁块便被尼古拉砸得粉碎。

爷爷说：尼古拉，你都看到了，被烧红的铁块是砸不碎的，而冷却后的铁块却很容易被砸碎。同样的道理，对于你来说，工作就是一把铁锤，你就是那块铁。当你满怀热情地去对待工作，工作是击不垮你的，当你冷淡地对待工作，你很快就会被工作击得粉碎。人生中，永远不被淘汰的，是你的热情。

乞丐的施舍

有一位叫斯蒂夫的乞丐，每天从早晨到傍晚的一整个白天，衣着破烂的他都会坐在地铁过道里乞讨。可是到了晚上，他则会一改自己白天的乞丐形象，穿上工整的衣衫，脚踏锃亮的皮鞋，像一位绅士般地来到地铁。

他学着别人的样子，假装匆匆地赶路。又假装突然发现了坐在自己白天位置上的一名乞丐，并随手丢给他一美元后，继续赶路。在做完这一切后，斯蒂夫才算正式结束了一天的工作，并安心地回到自己安置在天桥底下的铁皮房子里，呼呼大睡起来。自己辛苦讨来的钱，自己又将其中的一部分拿出来，再捐出去。斯蒂夫这样做了整整十年。

有人不解地问斯蒂夫：为什么要这样做？斯蒂夫说：其实这样做的乞丐并不止我一个，在给我施舍的人中，就有不少是我的同行。只不过大家彼此心照不宣罢了。

斯蒂夫说：有一个厨师每天辛苦地给客人做饭，将一盘盘鲜美的食物做好后送给客人吃。而他自己则只能在厨房里吃些简单的工作餐，为此，他的心里总是感觉到缺少了点什么。于是，每当到了休息日，他就会去别人的餐馆里美美地吃上一顿大餐。他这样跟我解释说，他只不过是想当一回消费者，如果长期不当消费者，他觉得自己无法正常地从事厨师这项工作，他会感到这个世界不公平。我的情况跟厨师一样，我不知道这样跟您讲，您是否明白了我的意思？

　　最近，美国一家民间社团，因为要评选出最豁达的人，所以举办了一个活动。该社团组织了一批人去贫民窟进行了参观。

　　那里的房子大部分都属于危房，一个不足 30 平方米的房间，通常要挤一家 4 口，或者更多的人。平均每家还没有一人有正式工作，而患有重大疾病、生活不能自理者，却每家至少占了一个以上。

　　那里的卫生条件也很让人忧心，因为房屋破旧，人口居住密度大，所以成了老鼠和寄生虫的乐园。特别是在面对患病者和失学儿童，那无助的眼神时，很多人都流下了眼泪。临走时，人们纷纷解囊，不少人在捐出身上的所有后，还答应回家了定期进行捐助。

　　接着，该社团又将人们带去一处高档社区进行参观。那里的建筑都是一栋栋豪华的别墅，几乎每幢别墅都配有游泳池和花园，别墅不但装修精美，而且设施齐全。平均每个花园里，最少停有两辆高级轿车。

　　在高档社区参观的时候，该社团同样对前去参观的人们进行了暗中拍摄。从拍摄的画面中可以看出人们的表情。几乎所有人的表情都很愤怒，眼中充满了怒火。有几个人甚至还试图毁坏社区里的某些设施。

最终，那家社团宣布，在近 500 个参赛者中，居然一个豁达的人也没有。于是，很多在贫民窟捐过款的人觉得不公平。该社团给出的意见是：豁达的人，不仅要对弱者充满同情，在面对别人成功的时候，也不会眼红。

宝贝的价值

收藏家罗伯特 60 岁那年矢去了老伴，同时也患上了老年痴呆症，记性不好，明明一件东西就在自己手里，却总要四处去找，可就是找不到。如果外出，他有时还找不到回家的路。只有一样事情罗伯特记得清清楚楚，那就是他的古董和油画，那是他的宝贝，比命还要重要的宝贝。

罗伯特的儿女都在外地工作，很忙，几乎没有时间照顾他们的父亲。罗伯特的日常生活全靠一位叫丹尼尔的邻居小伙子照顾。为此，罗伯特的儿子和女儿曾经多次绐他打电话，提醒父亲要注意丹尼尔："您想啊，一个没有一点血缘关系的人对您表现得那么亲近，对您照顾的无微不至，为的是什么？还不是为了您的钱！您可一定要收好您的那些宝贝，那些可都是值钱的东西，小心被别人给骗去了！"

罗伯特听了这话，只是点头说："是的，我知道，我还没有糊涂到那种程度，连自己的宝贝都看不好，你们放心吧。"

一晃数年过去了，罗伯特的老年痴呆症也更严重了，如果丹尼尔不提醒他应该吃饭，他便忘记了吃饭；如果丹尼尔不提醒他应该喝水了，那么他总是忘记了喝水；如果丹尼尔不提醒他应该睡觉他应该睡觉了，他甚至通宵也不睡觉。为此，罗伯特的女儿和儿子就更加为他们的父亲担心了，他们劝告父亲说："您现在的情况确实不容乐观，可是越是这样，您就越要小心地看好您的宝贝。您是知道的，丹尼尔与您可没有任何关系，他之所以照顾您，完全是想得到您的那些宝贝，您可不能有任何闪失啊！"

罗伯特还是那句话："你们就放心吧，宝贝被我收藏的好好的，没有任何问题。虽然医生说我患的老年痴呆症越来越严重了，看起来好像也是这样，可是我心里明白着呢！不会有事的，你们就放心吧。"

10 年后，罗伯特去世了。罗伯特的儿子和女儿赶回来为父亲送葬。可是，罗伯特的儿子和女儿没有想到的是，罗伯特竟然将他所有的藏品全部赠给了邻居丹尼尔，他在遗嘱里写道："不管丹尼尔是不是为了我的宝贝才照顾我，就当他是吧，但是，那又怎么样呢？一个年轻人能够十年如一日地照顾一个风烛残年的老人，陪伴他度过每一个孤独的夜晚，难道不应该得到老人留下的所有宝贝吗？这些可不是所有亲生儿女都能够做到的啊！丹尼尔的行为价值已经远远超过了这些宝贝的价值，所以我决定将这些宝贝全部赠给丹尼尔，因为只有像丹尼尔这样的人才配拥有这些宝贝，也只有这样，这些宝贝才能够实现它们真正的价值！"

困难是风

有一个叫克里斯的人，从小就立志要干一番事业，可是，不管他干什么，每次总是以失败而结束。他曾经十分狂热地迷恋过模特T台，可是，当他满怀信心地参加模特应试时，没想到在第一轮应试中，便被无情地淘汰了。

接着，克里斯决心当一名歌手。于是，当一家经纪公司招聘歌手时，他毫不犹豫地报了名。可是，他刚刚唱了几句便被赶下了台。

既然与舞台无缘，克里斯觉得，还是干点技术活吧。他来到一家酒店，准备应聘厨师。可是，他刚刚按老板的要求做了一道菜，老板只是看了看，甚至连尝也没尝，就决定不用他了。

克里斯沮丧极了，他不由自主地自言自语地说道："这个世界真的是太不公平了，为什么别人都能轻松地成功，而我要想干点什么事，总会遇到这么多困难呢？"就在他准备转身离去时，酒店老板将他叫住了。酒店老板说："年轻人，你跟我来。"

克里斯以为酒店老板想录用自己，于是高兴地问："您是不是已经改变主意，决定聘用我了？"酒店老板摇了摇头说："不，我没有改变主意，至少现在我还不能录用你，但我可以送你一句话，这句话很可能比录用你，对你今后的人生会更有帮助！"

克里斯不解地问："是句什么话？"酒店老板说："你跟我来就知道了！"酒店老板拿出一支点燃的蜡烛，对克里斯说："请将他吹灭。"克里斯只一口，便将蜡烛吹灭了。接着，克里斯被酒店老板带到了一个火炉边。酒店老板指着火炉说："你能将这炉火吹灭吗？"克里斯无论怎么使劲吹，不但没能将炉火吹灭，反而将炉火吹得更旺了。

克里斯不解其意。酒店老板说："我要送给你的话就是，'风可以把蜡烛吹灭，也可以将炉火吹旺。'困难如风，如果你只是一支蜡烛，那么风随便一吹，你就熄灭了。但，如果你是炉火，风不但不能将你吹灭，反而会将你吹得更旺！"

恍然大悟的克里斯，当即愉快地告别了酒店老板。从此，克里斯四处拜师学习，潜心研究厨艺，一年后，他以优异的成绩被那家酒店老板聘用了。

第三辑

一种经历，两种人生

　　乞丐慢慢地将手伸向富翁，乞求道："请您行行好，给我点钱吧，我都两天没吃饭了！"富翁赶紧拿出一把零钱递了过去。就在乞丐准备转身去别的地方乞讨时，富翁将他叫住了。富翁问："你的胳膊是怎么回事？"

　　乞丐的左胳膊断了，只露出一小截在寒风中不停地颤抖着。乞丐说："唉，说起来话长，都是因为10年前那场地震，不但夺去了我的所有亲人，也让我失去了一条胳膊，而我的家园就这样被毁了，从此，失去了一切的我便对生活失去了信心……"

　　富翁说："真是太巧了，10年前那场地震也夺去了我所有的亲人，我也失去了一条胳膊，而我的家园也被毁了！"

　　乞丐不相信地看着这个衣着整齐的富翁，空洞的眼神里顿时充满了疑惑。富翁脱去大衣，也露出了一小截胳膊，说："不信，你看，我失去的也是左胳膊，你说巧不巧？"

　　乞丐还是不能理解，说："可是，我怎么看，你也不像一个失去了一切的人啊？"富翁说："是的，我虽然跟你一样，失去了家园和所有

114

亲人，也失去了一条胳膊，但我没觉得自己失去了一切。正是因为那场地震，使我明白了人生的无常，生命的脆弱，所以我决定要以自己有限的力量，来拯救这个世界上所有遭遇不幸的人。于是我自立自强，先是给人打工，后来又成立了公司，再后来终于创造出了一番成绩。现在我总是将公司大部分的资金用来发展慈善事业，将小部分资金用来投入再生产……"

　　有一句谚语是这样说的："挫折是块磨石，它能把弱者磨得更加脆弱，把强者磨得更加坚强。"

泪水与汗水

　　一位化学老师，正在给学生们讲泪水与汗水的成分。化学老师说："泪水和汗水的成分有 99% 是相似的，只不过一种是通过泪腺排出的，一种是通过汗腺排出的。"

　　可是，学生们还是不太明白。这时，化学老师突然指着窗外不远处一位正在哭泣的农夫，说："你们看，他现在流的就是泪水。"因为遭受了灾难，使得农夫的庄稼歉收，所以那位农夫正蹲在自己的地边伤心地哭泣呢！

　　学生们都很同情农夫的遭遇，同时也明白了泪水是怎么回事了。这时，化学老师又指着不远处的另一位正在劳动的农夫，说："你们看，他现在流的就是汗水！"那位农夫也遭受了灾难，但他却没有哭泣，他想通过劳动将损失找回来。同学们看到，汗水将他的衣服都打湿了，他仍然在不停地劳动着。看到那位挥汗如雨地劳动的农夫，同学们禁不住为他鼓起了热烈的掌声！

　　化学老师被同学们的热情感染了，他一会儿看了看那位流泪的农夫，一会儿又看了看那位流汗的农夫，若有所思地对学生们说："泪水和汗水的化学成分相似，但前者只能为你换来同情，后者却可以为你赢得成功！"

最近，有好事的英国人，为了让原始部落居民适应现代文明生活，便邀请了南太平洋岛国乌努阿图坦拿岛上的5位土著人，到英国生活了一个月。并在英国的第四频道电视台向全世界作了连续报道。

坦拿岛是世界上最原始的小岛之一，该岛此前从未有人到过英国。5名原始部落土著人首次进入现代文明社会，无异于来到外星球一样，闹出了许多笑话。因为他们从没看到过高楼，汽车，火车，飞机，电视。也没用过手机，香皂，毛巾，甚至连吃饭用的刀叉也不会使用。他们不穿衣服，只用一个草编的饰物遮羞。

一个月时间很快就过去了。在将5位土著人送回坦拿岛的前夕，电视台记者问他们对现代文明生活有什么感受，比起坦拿岛来，他们更喜欢哪种生活。结果几个土著人都表现出了强烈的优越感。

第一个土著人说：我们的房子比你们的大。你们居住的是一个个狭窄的石头盒子，盒子里看不到阳光，听不到鸟鸣，呼吸不到新鲜的空气。而我们的房子则是整片森林。

第二个土著人说：我们的工作比你们快乐。你们大都是一辈子只做一样工作，很多人明明不喜欢自己从事的工作，可是还得继续去干。由于欲望太多而得不到满足，所以长期沮丧绝望。而我们则想干什么就干什么，没人逼你去干你不想干的事，更不会自己逼自己去干不想干的事。

第三个土著人说：我们吃得比你们健康。你们吃的猪肉里有瘦肉精，鱼里有催长素，大米和蔬菜里面有残留的农药。而我们吃的一切食物都是纯天然的绿色食品。

第四个土著人说：我们比你们长寿。由于食物不卫生，加上环境的污染，你们会得癌症，糖尿病，高血压。就是走在路上，还有可能遇到车祸，躺在自己家里的床上，还会遇到楼房因质量问题而倒塌的危险，人均寿命不足 80 岁。而我们则不会遇到上述情况，我们大多数人都能活到 90 岁，100 岁以上的老人很常见。

第五个土著人说：我们的精神生活比你们富有。在你们的世界里，到处都能看到乞讨者，很多富翁不愿意帮助穷人。而在我们那里，是没有乞丐的，不管谁有困难都会得到大家的帮助。

　　小时候，老师和家长总会这样问我们，长大后你们想做一个怎样的人？你们的理想是什么？我们几乎都是这几种答案：科学家、作家、教授、企业家、明星、医生……

　　当我们长大成人，有了自己的家庭和事业，整天忙碌奔波的时候，如果再有人问我们的理想是什么时，我们会说：陪父母在家吃一顿饭，陪孩子去一次动物园，陪妻子呆在家里看一回电视，甚至是去河边钓一次鱼，到乡下去种一回菜，去山顶看一回日出……

　　最近，有一家媒体对大约6000人做过一次调查，结果发现，很多人都实现了自己小时候的理想，但却没能实现长大成人后的理想。

　　很多人在临死前这样说，自己最大的遗憾，并不是没能够当上科学家、作家、教授、企业家、明星、医生……而是因为没有做到：陪父母在家吃一顿饭，陪孩子去一次动物园，陪妻子呆在家里看一回电视，甚至是去河边钓一次鱼，到乡下去种一回菜，去山顶看一回日出……

　　令人不解的是，前一种理想显然要大得多，也难以实现得多，而后一种理想却要小得多，也容易实现得多，或者说简直可以用举手之劳来形容。可是，偏偏就是这大而难的理想，却都实现了，反而是这举手便能实现的小理想，很多人到死都没能够实现！

那家媒体还这样预言：其实我们谁都明白，自己最想实现的理想是什么，也明白在自己还活着的时候，是很容易办得到的。可是，我们还是会不由自主地，要让这样的遗憾一代代地传下去，让它成为人类永远也无法实现的理想！

一位的士司机，当他正行驶在高速公路上的时候，因为一只轮胎突然爆破，慌乱中，他赶紧踩住了刹车。结果快速行驶中的车子受不了突然的阻力，在路面上连翻了几个跟斗后，滚到了一条深沟中，车毁人伤。事后，有专家说，当车子在高速行驶中突然爆胎，不宜立即踩刹车，只要冷静地握住方向盘，不一会儿车子就会自然停下来的。

一家公司的老板，因为听到金融风暴的消息，顿时坐立不安，于是赶紧召集部下商讨对策。部下也没有人经历过这种事情，于是更加显得六神无主。最终，公司没有被金融风暴击倒，却因员工们工作时间心不在焉，而出现了严重的产品质量问题导致破产。这时，公司老板才后悔地说，这都是我自己的错，如果不是当时我表现出了慌乱的神情，员工们又怎么会在工作时心不在焉呢？

一家商场突发火灾，人们闻讯立即向出口涌去，由于出口窄小，很快便被堵死了。结果大火卷着浓烟迅速吞没了一切，最终只有少数人成功从火海中逃生。后来，经过专家现场勘查，大多数遇难者中，也只有一小部分是死于火灾，其他的则死伤于互相拥挤和踩踏。如果火发当时，人们能够保持镇定，所有人完全可以从容不迫地从商场出口处安全撤离。

这样的新闻，几乎天天都能看到。不久前，美国有家权威网站，公布了一条消息：全球每年大约有200万起事故，是因为当事人惊慌失措而引发的，在经历过这些事故之后，除已失去生命的人，其他当事人都表示，如果当时自己能够冷静地处理的话，那些事故都是完全可以避免的。

最近，从一档关于野生动物的电视节目中，看到过一组有关豹子捕捉猴子的镜头。一只预谋已久的豹子，突然窜上一株停满猴子的大树，豹子在一阵骚乱中，咬住一只猴子迅速跳下大树，然后躲到一边去享用美餐去了。只留下一群惊魂未定的猴子，还在那里为失去了同伴而悲伤。

本来，如果猴子们在面对豹子时从容对待，豹子是奈何不了猴子的。首先，豹子的体重是猴子的十倍，在树上的灵活程度也远不及猴子，稍小一点的树枝，豹子便不敢停留，而猴子则可以借用任何一根细小的树枝四处攀爬、飞跃。另外，经科学家论证，猴子的智商也最接近于人类，而豹子则远不及猴子聪明，但为什么猴子会沦为豹子的食物呢？完全是因为猴子在遇到豹子时，惊慌失措的表现，给了豹子可乘之机。

在现实生活中，每个人都会有惊慌失措的表现，这种表现也最能令人做出错误的选择。这就是美国那家权威网站发布的最新论证观点：惊慌失措是一种病，是一种人人都有的病，只不过，有的人能够成功地控制它，但有的人却控制不了。凡是患有这种病的人，都有一个特征，遇事紧张，惊慌失措，但事后都知道最佳的解决方法。并且，遇事表现越是惊慌失措的人，智商有可能越高。

治好这种病的药方是：凡事不要立即做出决定，一定要让自己的思想静止3秒种，在这3秒钟的时间里，完全能够让自己做出正确的判断。这家网站的一位专家还说：为什么要让自己的思想停止3秒钟？是因为，高智商与低智商在遇事时的反应一般会相差3秒钟，智商高的人，遇事反应太快，也最容易患上惊慌失措这种病，而智商稍低的人，因为反应稍慢，却往往能够在紧要关头做出正确的决定。如果患上了惊慌失措这种病的人，能够遇事让自己的思想停止3秒钟，便与低智商的人达到一致了。

有个公司老板，因为与合作者在一个项目上的意见不同，而争吵了起来。公司老板经过仔细权衡利弊，还是决定屈从合作者的意见。可是，他的心里却因为这件事情而总是感到不快，虽然事情已经过去了，并且也不是很重要，但他依然忍不住要跟别人说起。那件事就像一个伤口，每说一次，伤口就会被撕大一点。

后来，尽管他再也不愿提起了，可是，那些关心他的朋友、亲人，仍然会时不时地提起，这让他越来越感到伤心、委屈，最后，他终于忍不住跟合作者翻了脸而分道扬镳了。结果因为再也找不到理想的合作者，他的公司破产了。

有一个女人，因为一件小事与丈夫吵架，于是她跑回娘家一说，立即便招来兄弟姐妹的高度关注。大家纷纷表示，不能让她受这样的委屈，现在就这样，那以后老了，变成黄脸婆了，还不得变本加厉地让她受委屈。那件事就像一个伤口一样，每被提起一次，她就觉得那个伤口被撕大了一点一样地痛。最后，尽管她早已忘了那次吵架的原因，但伤痛却再也无法弥补，终于，她与丈夫离婚了。

有一个公司职员，因为遭到上司的批评，心存不快，尽管那件事情确实是他错了，但他觉得上司的批评还是过于严厉。于是一不小心，他便跟朋友、同事说起了这件事。大家也都觉得他那个上司做得有点过分，于是，每一次说起，在他的心里便增加了一次对上司的愤恨，在工作上，他也就不由自主地对上司有了抵触情绪。最终，他因与上司无法和平相处，而离开了那家公司。结果，他又加入了失业大队，踏上了漫长而艰辛的找工之路。

　　有一则寓言故事是这样说的：森林里一只小猴子，有一次不小心从树枝上掉了下来，并将肚皮划破了一道小口子。当遇到同伴时，小猴子便指着伤口让同伴们看。大家一边轮流察看着小猴子的伤口，一边对小猴子的不幸给予了极大的同情。而小猴子的伤口，每经过一次察看，便被撕开一点，最后小猴子因伤口太大、流血过多而死去了。

　　人生中，遭遇磕磕碰碰总是难免的，而一些原本无关紧要，只要不予理会，很快就能消失的小伤小痛，却因为自己内心长久的惦记，以及他人的过分关注而使伤口难以愈合，最终导致小痛变巨痛，小伤成大伤。

孤独的真理

从前，有一个叫真理的人，他最喜欢做的事情就是周游世界。因为他所到之处，都会受到人们的热烈欢迎。有一天，真理来到了一个陌生的小镇，那里的人们听说真理要来，早就列好了阵队，等在那里了。

人们一见到真理，便立即大声呼喊了起来。人们的热情让真理非常感动，于是真理不由自主地向那些呼喊声最大的地方走了过去。这时，真理发现，自己的身后也站着一群人，他们见真理要走，于是也大声地呼喊了起来。

真理身后那群人的热情，也同样感动了真理。就在真理决定转身向身后那些人走去的时候，前面那群人又以更大的声音，呼喊真理过去。

这时，两边都在热烈地呼喊真理，见两群人都这么热情，真理站在中间，一时间，还真不知道应该走向哪一边才好。最后，真理想，既然没办法决定去哪里，自己干脆哪里也不去了。真理独自站在一边，然后向那些人喊道："喂，你们谁愿意跟我站在一起呀，有愿意的就走到我这边来吧！"

可是，人们谁也不理真理，大家仍然站在自己的位置，朝真理大声地呼喊，都希望真理能够站到他们那边去。见真理一直站在那里不动，人们的呼喊声便越来越大，甚至将真理的声音都给盖住了，真理就是喊破了嗓子也没人理会他。

最后，真理无可奈何地说："唉，看来，虽然人人都希望真理站在自己一边，但并不是人人都希望自己站在真理一边呀！"

秘诀

从前，有一个西班牙商人，在去世之前，他决定将生意交给两个儿子打理。大儿子叫安立奎，小儿子叫帕布洛。兄弟俩都远在他乡求学，学的也都是经营管理知识。多年以前，商人就希望他的两个儿子能学成后回去给他打理生意。可是，因为一场突如其来的疾病，令商人不得不提前召集两个儿子回家。

安立奎和帕布洛跪在父亲的面前，聆听着父亲最后的教诲。可是，商人只说了一句："孩子，我现在就将我这么多年来做生意的秘诀告诉你们，你们一定要……"话还没有说完，商人就去世了。

商人那句未说完的话，让安立奎和帕布洛兄弟俩猜测了好久，也没有猜出个结果来。哥哥安立奎坚持说，做生意一定要懂得开源，父亲最后想说的肯定是让他们兄弟俩要懂得开源。而弟弟帕布洛则有不同的意见，他认为做生意最主要的是节流，父亲最后想说的肯定是让他们兄弟俩要懂得怎样节流。

兄弟俩争执不下，于是便都按照自己的方式来管理起了父亲留下的生意。哥哥安立奎懂得开源，于是他一心扑在怎样开源上。弟弟帕布洛懂得节流，于是他每天都要记账，总是将每项开支压缩到最小限度。

在兄弟俩的努力下，没出几年，他们的生意便在父亲的基础上翻了几番。这时，兄弟俩又开始为父亲那个未说出来的秘诀而争吵了起来。哥哥安立奎坚持说，生意之所以这么好，都是他开源的结果。而弟弟帕布洛则肯定地说，那是他节流的成绩。由于各执己见，互不相让，尽管他们一直都在争论，但是怎么也争论不出个结果来。

可是，生意却在他们的争执中慢慢地荒废了。这时，哥哥安立奎又说话了："怎么样，没有我的开源，生意就不行了吧？"弟弟也不示弱，说："还不是因为我没有节流的结果！"

最后，他们找到了当年与父亲一起合作过的老商人，希望老商人能够给他们一个准确的答案。老商人叹了口气后说："你们的意见都不对！"兄弟俩又开始争论了起来，哥哥安立奎说："不可能，我学的知识里就有开源这个课程。"弟弟帕布洛说："我学的知识里也有节流这个课程。"兄弟俩异口同声地说："是不是您搞错了？"

老商人接着说："你们所学的课程都没错，但是你们的父亲想说的秘诀却不是这个！"兄弟俩迫不及待地问："那是什么？"老商人望了望争得面红耳赤的兄弟俩，慢慢地回答道："团结！"

真诚相待

著名摄影师卡什说过，拍照并不难，难的是拍出人的灵魂。这里的灵魂指的是人物的性格特点，一张没有性格特点的照片便不是一张好照片。这就是摄影师与普通摄影爱好者的区别。

卡什的全名叫尤素福·卡什，是加拿大著名的人物摄影大师。他曾先后为毕加索、爱因斯坦、肖伯纳、伊丽莎白女王。戴高乐、铁托、赫鲁晓夫、基辛格、里根等世界名人拍摄过肖像。他拍出的照片层次丰富、影纹清晰、影调细腻、质感强烈，特别是里面的人物表情自然到对外人不设防，因此，人们把他尊称为"拍摄灵魂的大师"。

尤素福·卡什除了给世界级名人拍照外，还经常跑去乡村为那里的孩子们拍照。每到一个陌生的地方，他并不急着拿出相机，而是先熟悉环境，与孩子们玩游戏，等跟孩子们非常熟悉了，他再拿出相机，将孩子们那些天真的笑容顽皮的动作拍摄下来。那些照片生动而自然，极富感染力。而在此之前，尤素福·卡什并没有顾忌这些，而是拿着相机悄悄地走近孩子们的身边，突然按下快门，尽管拍得不错，但由于贸然的侵犯，还是让孩子们受到了惊下，也正是孩子们脸上的那一丝惊慌的表情影响了整张照片的效果。不管是对乡野小孩还是对世界名人，尤素福·卡什都能让他们对自己做出不设防的表情，这就是他为何成为大师的原因了。

是的，在这个纷繁的人世间，要想让别人对自己不设防，谈何容易。人自出生以后便要经历很多陌生的环境，而每到一个新的环境，就会遇到不同面貌、不同性格的人，如果要在那里待下去首先就得适应那里的环境，如果要适应那里的环境，就得跟那里的人好好相处。与其说尤素福·卡什是一名摄影大师，还不如说他是一名交际大师，他首先要处理好人际关系，然后才能成功地摄影，而这种关系处理得好不与否也就直接影响了他的摄影效果。人们对尤素福·卡什成功地让人们对他不设防的惟一解释是，他对所有被摄者都不设防。原来他成功的原因竟然这么简单！以真诚待人，便能赢得人们的真诚相待。

顺境和逆境

最近，美国一家网站在对一百名破产富豪采访后写了一份调查。其中颇有代表性的人物是一位叫迈克·基塞尔的美国康涅狄格州格林威治市的 48 岁房地产富豪，因涉嫌一桩 8000 万美元的诈骗案，而被监禁。

迈克·基塞尔说："我的人生一直都非常顺利，父母是农场主，并且拥有一大片土地，我大学毕业后，甚至从没给别人打过工，就直接利用父母的土地做起了房地产生意。我的运气出奇地好，钞票就像长了翅膀一样地往我的银行账户上飞来。30 岁不到，我就拥有了一艘价值 800 万美元的游艇和多辆保时捷名车。随着钱越来越多，我的欲望和胆量也越来越大，终于在一次投资股票失利后，我产生了诈骗的念头，最终进了监狱。"

像迈克·基塞尔这样相同经历的富豪，占破产富豪的百分之八十以上，他们的人生经历大多十分顺畅，从来没有吃过苦的他们认为自己天生的好运气，在投资上几乎都没有过多的考虑，胆量很大，完全没有遵守投资的基本规则，以至于一次失利便会资不抵债，没有翻身的机会，最终走上了犯罪的道路。

可见，建立在顺境中的成功是多么的脆弱。醒悟后的迈克·基塞尔说："顺境并不能带给你真正的成功，它只能给你增加欲望和胆量，而建立在欲望之上的胆量，就如薄冰上行走，随时都有掉进冰窟的危险。

小时候我跟随父亲去山里挖竹根当柴火，父亲专门找那些土壤肥沃的地方挖，而我则专找那些裸露在岩石上的竹根挖，结果，父亲挖了好大一堆，而我还没有挖到一根。望着一脸迷惑的我，父亲说："那些看似裸露在外的竹根其实并不容易挖出来，因为它们所处的地方是岩层，它们的根在岩石缝隙里盘根错节，所以牢固。而那些生长在肥沃土壤里的竹根却因为得不到岩石的保护，所以很容易便被挖了出来。"

是的，竹根生在岩石的缝隙里虽然生长缓慢，有的还生得丑陋古怪，甚至伤痕累累，可是它们却根基牢靠。而生长在肥沃土壤里的竹根，看似肥硕粗壮，却轻易便被人挖起。

生活在顺境和逆境里的人们，与生活在岩石和沃土里的竹根何其相似啊！

成功的准则

最近，有人对美国 1000 多位富翁进行了调查，结果归纳出了最常见的发家类型有三种。第一种为勤劳型；第二种为机遇型；第三种为利人利己型。勤劳可以发家，这是很多人都明白的道理，机遇也能致富，但需要好的运气。利人利己却是可以把握的。更为有趣的是，前两种竟然只占受调查人数的 20%，80% 的受调查者靠的是利人利己起家并成为富翁的。

约瑟夫自小患上了糖尿病，不能吃含糖过多的食物，特别是冰淇淋。为了解馋，他为自己做了个不含糖的冰淇淋。后来，他又研制出好几种不含糖的糕点。在美国，胖人多，这种低糖食品很受欢迎，约瑟夫尝试着把自己研制的糕点拿去卖，结果取得了巨大成功。如今这位 40 岁的企业家已开发了 50 多种无糖食品，畅销全美，每年的销售额都能超过 2 亿美元。

安德鲁年轻时最热衷的就是旅游，为了省钱，他想方设法去弄打折机票、火车票以及汽车票。直到有一天，他突然问自己：我为什么不直接与航空公司、铁道部和汽运公司协商，给那些热衷旅游又想省钱的消费者优惠待遇呢？没想到这一简单的主意给他带来了巨额财富。现在，人们通过他的网站，不仅可以享受到美国各大航空公司、铁道部和汽运公司的优惠服务，还能找到各地的旅游信息。网站一年的营业额就达到了 1 亿美元。

像这样的例子还有很多，虽然所做的事情不同，但方法都是一样的。首先对自己有益，然后想办法让别人受益，就是这一利人利己的经营理念，成就了美国 80% 的富翁们。原来成功竟然这么简单，就是不去害人，也不去害自己，只做对自己有利对他人有利的事情就可以了！

中国有句俗话叫：己所不欲勿施于人。可偏偏有人要将自己不想要的东西，通过巧妙包装后再转手卖给别人，这种经营之道注定是要失败的。利人利己其实不是一个新名词，但它却是人们做人处世的道德准则，有了这一准则，才能做人成功，致富成功！

有一位农民，因为自家的责任田在大路边上而苦恼不已。原来，该农民在种田的时候，总有过路的人对他指指点点。有的说，他的田整得不平；有的说，他种的秧太稀；有的说，田里的水太深。为了不被别人说闲话，更为了自己的耳根清净，他只能尽心地种好自己的田，尽量不让别人挑出毛病来。可是，多年来，依然有人说长道短。唯一值得农民高兴的是，每年的收成还算不错。

突然有一天，大路被改道了，从此，再也无人从这位农民的田边经过了，也再没人对他种的田指指点点、说长道短了。农民不由得长吁了一口气，他的耳根终于可以清净一下了。但是，令农民没有想到的是，他当年的收成竟然大量减产了。并且，此后的好多年，他再也没有获得过满意的收成。

有一位歌星，自从走红后，他的烦恼就来了。因为只要他在公众场所出现，便有歌迷过来要求跟他合影，请他签名。如果他拒绝了歌迷，那些娱记们就会在报纸上和电视上说三道四，他的自由没有了。为此，他痛苦不堪。所幸的是，他的事业红火，收入丰厚。

有一天，他再也忍受不下去了，于是便对歌迷说出了过激的话，还做出了过激的行为，甚至动手打了歌迷。从此，再也没人要求跟他合影或者签名了，甚至连说他坏话的娱记也不理他了。他终于可以自由地出入公众场所而不被打扰了，可是，令他想不到的是，他再也没有唱出过一首好歌，所有演唱会都是冷冷清清的，并且以亏本而结束。

生活中，我们每个人都曾遭遇过对自己说长道短的人，相信也没有谁会喜欢这种人。可是，谁也没有想到，正是因为有了那些喜欢说长道短的人，我们才会在成长的过程中，在别人挑剔的目光里慢慢地修正自己，慢慢地变得成熟而刚强。

西方有一句谚语是这样说的："一个人的事业，总是在流言中伤中成功，而在沉默漠然中消亡。"

农夫的原则

　　从前，有一个叫菲尔德的美国商人，一次偶然的机会，在农夫巴勒斯的家里吃到了番茄酱，那种鲜美的味道，令菲尔德不由得当场拍手叫起好来。出于商人的本能，菲尔德想到这是一个商机。于是，他决定向巴勒斯讨要制作番茄酱的祕方。巴勒斯几乎是没加考虑便将番茄酱的制作方法说了出来。走时，菲尔德给了巴勒斯 100 美元，作为购买番茄酱的制作方法的费用，巴勒斯一再表示不收钱，可菲尔德还是将钱给了巴勒斯。

　　就这样，菲尔德开始了番茄酱的生产，不出菲尔德所料，番茄酱的销量果然很好，很快，菲尔德便成了百万富翁。就在菲尔德准备扩大生产与销售范围的时候，他突然在街头看到了一张小广告，小广告的内容让菲尔德大吃了一惊。原来那是农夫巴勒斯写的寻找菲尔德的广告。巴勒斯在广告上说，如果菲尔德看到了这张广告，希望他立即跟自己联系。

　　巴勒斯寻找菲尔德的用意不是很明显吗？他肯定是见菲尔德用他的方法制作的番茄酱赚钱了，才觉得 100 美元的购买费太少。巴勒斯究竟想要多少钱，菲尔德不清楚，但极有可能不是一个小数目，如果弄得不好，巴勒斯很可能会要求菲尔德立即停止生产或者跟他打官司。菲尔德嘴里骂了一句"这个贪婪的家伙"，便一把扯下了那张小广告决备扔到垃圾桶里去，但还没走几步，他又看到了一张相同的广告，巴勒斯竟然将小广告贴满了整条街。菲尔德不得不将番茄酱厂搬走了。

　　为了躲避巴勒斯的寻找，菲尔德忍痛将番茄酱厂一搬再搬，销售范围也一缩再缩。可是，巴勒斯寻找他的小广告，就像跟他较着劲似的，紧紧地跟在他的身后，让他一出门便能在街头看到。菲尔德终于经不住折腾而破产了。破了产的菲尔德决定去会一会这个巴勒斯，反正他现在什么都没有了，他只想知道巴勒斯究竟想干什么！

　　当菲尔德出现在巴勒斯面前的时候，巴勒斯就像遇到了久违的亲人一样高兴地说："我终于找到您了。"菲尔德冷冷地说："你找我究竟想干什么？"巴勒斯赶紧从口袋里掏出当年巴勒斯给他的那张100美元的钞票说："我是来还钱给您的。"

　　菲尔德不解地问："这不是我购买你的番茄酱的制作方法的费用吗？"巴勒斯说："是的，但我不能收您的钱？"菲尔德说："那你想怎么样？"巴勒斯说："我不想怎么样，只想将钱还给您，如果我因为这么点小事就收了您的钱，邻居们会笑话我的！"菲尔德苦笑着问："如果我一直不出现呢？"巴勒斯坚定地说："那我就一直找下去，直到找到您并将钱还给您为止，这可是我们乡下人做人的原则！"

刚参加工作不久的徒弟，又满腹委屈地回到了师傅身边。徒弟抱怨道："那里的人什么都不懂，您说，整天跟一群什么都不懂的人在一起，还让我怎么工作嘛？"师傅没有说话，只是默默地将徒弟带到了一间屋子里，因为四周都被厚厚的布帘遮住，所以屋子里一片漆黑。

师傅打开了一盏灯，屋子里突然变得明亮起来。师傅问："你能找到这盏灯的光辉吗？"徒弟觉得奇怪，反问道："这满屋子不都是这盏灯的光辉吗？"师傅接连又打开了三盏灯，屋子里顿时变得更为明亮。师傅望着站在屋子里发愣的徒弟说："你现在还能找到第一盏灯的光辉吗？"徒弟这下傻眼了。一间屋子里同时亮了四盏灯，还真是难以分辨出哪些光辉是哪盏灯发出来的。

师傅说："你现在所在的公司，都是一些不懂业务的人，只要你干出了成绩，功劳就全都属于你，这难道不好吗？"徒弟这才高高兴兴地去了。

一年后，徒弟又满腹委屈地回到了师傅身边。徒弟抱怨道："本来我在那里干得好好的，没想到一下子又招来了三个和我能力相仿的人，这不是明摆着不信任我吗？"师傅没说话，又默默地将徒弟带到了那间屋子里。

师傅这次同时开了四盏灯后，又关掉了一盏灯，问徒弟："是刚才亮些，还是现在亮些？"徒弟不解其意，没有吭声。师傅又关掉了一盏灯，问："是刚才亮些，还是现在亮些？"徒弟这下看清楚了，说："刚才开着的灯多，当然是刚才亮些。"师傅接着又关掉了一盏灯，这时只剩下一盏灯了，屋子里顿时暗了不少。

师傅说："公司里不管有多少能人，都影响不了你的成绩，因为少了一盏灯，就会少一些光辉！"徒弟觉得师傅的话有道理，可又总觉得哪里不对劲。突然，他想起来了，说："公司里只有我一个能人的时候，你也是在这个屋子里开这几盏灯来教育我，当公司里有好几个跟我同等能力的人时，您也是在这个屋子里开这几盏灯来教育我，难道不管是开几盏灯，道理都是一样的吗？"

师傅说："在这个世界上，每个人都是一盏灯，一盏灯不会影响到另一盏灯的光辉，真正影响灯的光辉的是灯里的油，只有坚持不懈，努力加油，灯才会长亮不灭！同样的道理，不管你身边的能人是多，还是少，你只要还在不断学习，努力工作，就会发出自己的光！"

注定失败的原因

　　企业家非常自信地走上讲台，开始发表演说："我们公司之所以能有今天的成绩，都是因为我每提出一个方案都会得到大家的一致同意，所有员工都紧紧地围绕在我的身边，并齐心协力地将我提出的方案变成现实……"

　　这时，一位哲学家刚好路过，当他听了企业家的演说后，突然停住了脚步。哲学家对企业家说："恕我直说，您的企业是不会成功的，就算偶尔获得了成功，那也是暂时的，不会长久！"

　　企业家听了勃然大怒，说："你凭什么这么说？"这时，企业家的所有员工也一齐将目光转向哲学家，并问："你凭什么这么说？"

　　哲学家刚想解释，并对企业家劝告一番，却被企业家那些愤怒的员工赶了出来。

　　一年后，企业家找到哲学家。哲学家问企业家："您的生意近来可好？"企业家叹了口气，说："不行啊，也正是因为这事我才来找您的，一年前，您就断定我的成功不会长久，现在果然应验了，您究竟是怎么知道的？"

哲学家有点惋惜地说："要是一年前您能听我一句话，就不会有今天这样的失败了。"企业家虔诚地说："是的，还望您能指点迷津。"

哲学家说："您失败的主要原因是，每当您提出一个方案时，都能得到大家的一致同意，而没一个人提出反对意见！"企业家迷惑了："难道大家紧紧地团结在一起，却要遭遇失败，而各持己见才能将事情做好？"

哲学家没再说话，而是让企业家带上自己的员工，跟他去一趟河边。哲学家指着河边的一条船让企业家和员工们上船。

当企业家和他的员工们分散在船上站好后，哲学家说："请你们全部站到企业家那边去。"有几个人马上站到了企业家身边，这时，船身因失衡开始摇晃起来。其他还想站过去的人犹豫了，因为如果全都站到企业家那边的话，肯定会翻船的。

看着企业家和他的员工们一脸疑惑的表情，哲学家笑了："所有的人都站在一边并不一定是好事，譬如他们都站在船的一边。管理企业也是这样，如果企业家提出一个方案，马上便会得到所有员工的响应，这个方案行不行得通，就值得怀疑了。因为少了争议，就没人去求证市场，长此以往，这个企业必然会遭遇失败。"

聪明州穷 愚蠢州富

在这个世界上，几乎每个人都有一份希望清单。比如：希望自己变得更漂亮，希望自己变得更富有等等。在一张白纸上写下自己的希望清单，当然，也可以将这份清单藏在心里，只是需要你牢牢地记住就可以了，因为这份清单能够给自己树立一个理想，给自己的未来许下一个诺言。也正是因为有了这份希望清单，人们便有了生活的目标，有了奋斗的动力。

既然是一个希望的清单，那么就需要人们努力地去实现它。据英国一份网络调查，在这个世界上，只有不到百分之二十的人，实现了自己人生的希望清单。也就是说，还有百分之八十的人，没有或者说无法实现自己人生的希望清单。

当然，从幸福指数来看，那些实现了希望清单的人，比没有实现希望清单的人要高得多。有人要问，这百分之二十实现了希望清单的，肯定都是那些富翁、明星或者是高官，而那些没有实现希望清单的人，肯定都是穷人或者是疾病缠身的人。

事实上，真实的情况并不是这样的。不管是在百分之二十的人群里，还是在那百分之八十的人群里，同样有富翁、明星或者是高官，也同样有穷人或者是疾病缠身的人。

我们来举一个简单的例子：某人在自己的希望清单上写下，在60岁之前一定要赚到100亿美元，但他60岁时，只赚到了98亿美元。他为此感到非常的失落，认为自己的希望落空了。这种人，就属于没有实现希望清单的人。而另一个人，他在自己的希望清单上写下，在60岁之前一定要赚到100万美元，当他满60岁时，他赚到了101万美元。他为此感到很高兴，觉得自己终于梦想成真了。他就属于那些已经实现希望清单的人。

另外，还有一个这样的故事可以加以说明：一个旅游团，在一个山脚下休整，团长对大家说，你可以选择留在车上休息，也可以去爬山，但时间只有20分钟。大多数人选择留在车上休息，只有三个人决定去爬山。那是一个年轻男性、一个中年男性和一个年轻女性。中年男性选择在山脚下走走，年轻男性选择爬到山顶，年轻女性选择爬到半山腰。结果，中年男性很快便回到了车上，那个爬到了半山腰的年轻女性，也在规定的20分钟之内回到了车上，当年轻男性回到车上时，已超过了2分钟，为此还受到了团长的批评。

在前进的路上，大家一致评定：年轻女性第一名，中年男性为第二名，年轻男性第三名。年轻男性显然将目标定得过高，而中年男性又将目标定低了，只有年轻女性定得最合适，既努力了，又在规定的时间内达到了目标。年轻男性不服气地说，我可是爬到了山顶呀。这时，大家一齐说，不要忘了，你还迟到了2分钟呢！

有句名言叫：人生的目标不是越高越好，而是通过努力刚好实现它最好。所以，实现希望清单的方式有两种，第一种是客观地写下希望清单之后，努力奋斗，争取在规定的时间内实现它。第二种是奋斗过后，如果不能在规定时间内成功，一定要勇于放弃。

不情勿请

　　不情之请，词典里的解释是，不合理的请求。既然明知道它不合理，为什么还要请求呢？

　　一个商人，明知道自己不具备商业才能，却一心想将生意做大。商人想，既然正路走不通，那就走旁路吧，于是，便有了"不情之请"。这里的不情之请，也许是贿赂官员，也许是打压同行，总之，都是一些不合理的行为。最后，虽然目的达到了，但却都是不合情理的。也正因为不合理，所以商人最后会合情合理地栽跟头。

　　一位家长，明知道自己的孩子不是天才，却一定要让他少年得志。家长想，既然正路走不通，那么就走旁路吧，于是便有了"不情之请"。这里的不情之请，也许是自己炒作，也许是贿赂校方、专家，总之，都是一些不合理的请求。最后，孩子被人誉为"天才"，被捧到了天上，结果却摔得很重。

　　这样的例子很多：商人会因为这个"不情"而破产；"少年天才"会因为这个"不情"而夭折；官员会因为这个"不情"而落马……

　　但很多人就是管不住自己，总是怀揣着侥幸，来做些不情之请之事。如果人人都懂得不情之情的危害，不做不请之请之事，比如：商人如果明知道自己不具备商业才能，要么去求一份其他职业，要么努力学习经营之法，再要么去请一位能人来当自己的"掌柜"；家长们明知道孩子就是孩子，虽然偶尔有某些地方表现出了与众不同，不要有急功近利的行为，只是适当地加以引导，让他慢慢成才；官员们在苦于没有政绩的情况下，不是总想到走旁路，而是挺直腰杆做人，弯下腰身为民……那么世间会少很多悲剧，社会会更加和谐、健康。

所以，我们主张不情——勿请！

水的味道

一个哲学家向人们提出了一个问题：水是什么味道。引起了所有人的关注，许多人回答了这个问题。其中最有代表性的有两个。一个是国王的答案：水没有味道。另一个是农夫的答案：水是甘甜的味道。

为什么同一条河里的水，经过不同的人品尝之后，却出现了两种味道，并有了两种答案呢？以国王为代表的一群人中有大臣、商人等，他们过着富有而清闲的日子，他们坚定地说，水确实没有味道。以农夫为代表的一群人中有工人、牧人等，他们过着辛劳的日子，他们也坚定地说，水确实是甘甜的。因为争论没有结果，于是，所有人都将目光转向了哲学家，希望他能给出一个正确的答案。

哲学家说，如果大家想知道真正的答案，就得按照我说的去做。为了弄清真相，所有人都同意按照哲学家说的去做。哲学家让国王、大臣、商人们去干农夫、工人、牧人们的工作，让农夫、工人、牧人们去干国王、大臣、商人们的工作。

一段时间之后，以农夫为代表的一群人，因为不必劳作，整天清闲度日，再也品不出水的甘甜来了。于是，他们的答案也变了，他们改口说：水确实没有味道。而以国王为代表的一群人，因为整天在烈日下劳作，疲累之后却品出了水的甘甜。于是，他们的答案也变了，他们改口说：水确实是甘甜的。

对于这样的结果，人们茫然了，于是都希望哲学家来给大家一个解释。哲学家家说：两种答案都是对的。水就像生活一样，对于没有尝过饥渴的人来说，水是没有味道的，只有品尝过饥渴的人，才懂得水的甘甜，生活的美好。

向谁学习

从前，有一个年轻人，跟着一个商人学做生意。年轻人急于成功，一进入商海，便想干出点成绩来，于是，他见别人进什么货，他也进什么货。

商人怕他吃亏，赶紧教他，说："善于做买卖的人要进别人暂时不争不抢的货物，这样，一旦机会来了，就可以获得好几倍的利润。也就是说，只有大家都不去干的事情，你去干了才有可能获得成功，如果大家都去干那件事情，哪里还有你的份呢？"

年轻人没有听从商人的意见，结果将仅有的一点家底赔得精光。没有本钱做生意了，年轻人便跟着农夫去学种地。

因为有了前次的教训，年轻人再也不敢跟着别人走了。当他看到别人将稻子种在低处的水田里时，他就将稻子撒在高处的山丘上；当他看到别人将麦子种在高处的山丘上时，他便将麦子撒在低处的水田里。于是农夫来劝他，说："麦子适合种在高处的旱地，水稻适宜种在低处的湿地，你违反了水稻和麦子的生长习性，怎么能获得丰收呢？如果你不懂的话，只需要看大家怎么做，你跟着怎么做就行了！"

年轻人说："正是因为我跟着大家走，所以才经商失败，还是商人的话有道理啊！因为有了前次的教训，所以我是不会听你的话的！"结果，那年，眼望着别人都获得了丰收，而年轻人却颗粒无收。

年轻人迷惑了，前次，我不听商人的话，跟着别人走，错了；后来，我不听农夫的话，而听了商人的话，没跟别人走，也错了。我究竟是应该听商人的话不跟别人走呢，还是应该听农夫的话，跟着别人走呢？

虽然这只是一个寓言故事，但在我们的现实生活中，却经常可以遇到或看到有着类似困惑的人。其实商人和农夫的话都没错，他们都是自己所在行业里的成功者。对于初入社会的年轻人来说，主要的是需要认清自己所处的领域，你处在什么领域，就要学习自己所在领域里的成功者。

懒人才

失眠

在美国，有两个边陲小镇，虽然紧紧相连，但却一个富裕，一个贫穷。造成富裕与贫穷的原因，并不是地理环境等因素，因为它们的地理环境几乎完全相同，而是两镇的人民，一边勤劳，一边懒惰。富裕小镇的人民自然是勤劳的，而贫穷小镇的人民也自然是懒惰的。

一家开在两镇之间的医院，几乎每天都在接诊穷镇的病人，而富镇的病人却不多。更让人惊奇的是，穷镇人患的竟然多是失眠症，医生说，其主要原因，是穷镇人休息得太少了。可是，真实的情况却是这样的：穷镇人除了每天不足 2 个小时的工作之外，其他时间都在休息，不是闲聊就是睡大觉，难道他们的休息时间还不够多吗？而富镇人，每天最少要工作 10 个小时，除购物、做饭等时间之外，也就只剩下 8 个小时的睡觉时间了，为什么他们就没有患上失眠症呢？难道天天睡大觉的人，也会失眠吗？

这一结果，让医生们始终不得其解。有一位医生决定深入两个小镇一探究竟。医生每天吃住在两个小镇，在经过长时间的调查之后，医生发现，穷镇人之所以休息得不够，很可能是因为劳动得太少的缘故。于是，建议穷镇人也跟富镇人一样，每天工作至少 10 个小时，只给自己 8 个小时间的睡眠时间。结果，这一方案马上便让问题迎刃而解，穷镇再也没人患过失眠症了。不仅如此，因为工作时间延长了，穷镇也慢慢地变得富裕起来了。

医生是这样解释的：休息的时间越多，不等于休息的质量越好。特别是当身体还没感觉到疲乏时，就去休息，质量就会明显下降。反之，当一个人有了疲乏感时，再去休息，哪怕休息的时间并不长，但休息的质量却相当高。

在美国一家公园里，有一个这样的节目，吸引了很多游人参与，其中有本地人，也有来自世界各地的外国游客。节目并不复杂，但过程却让人意味深长。

远远地，游人便能看到公园中央那个巨大的时钟，那面平铺在地面上的时钟，跟普通的时钟没有区别，一样设有时针、分针和秒针，只不过它比普通的时钟要大很多而已。

比赛的规则是这样的：游人可在时针、分针和秒针中自选一样，然后跟着它跑，每跑一圈就能获得100美元的奖金。因为规则简单得令人不敢相信，而奖金也十分丰厚，所以节目一开始，便受到了游客们的追捧。可是，很快人们便发现，这个看似简单的节目其实并不简单。

一开始，人们一窝蜂地去抢秒针，因为秒针快，只要跟着它跑上一圈，那就是100美元，短短一分钟时间，那就是60个100美元啊，以这种赚钱的速度，只需要一小时，就能发大财了。

然而，令游客们沮丧的是，居然没有一个人能跑得过秒针。因为秒针太快了，快得人们还没有来得及迈开脚步，那秒针便已经转过一圈了。当然，经过了这次的经验教训，人们的头脑也渐渐清醒了：原来，是自己太性急了。

当所有人都反应过来后，便又一窝蜂地去抢时针。秒针是跑不过，难道时针也跑不过吗？规则上说得很清楚，只要跑过一圈便能得到100美元，又没有说不能跟着时针跑。

可是，令人们大感失望的是，居然也没有一个人能跟着时针跑上一圈，这次不是因为时针太快跑不过时针，而是因为时针太慢，人们跑着跑着，一不小心脚步便超过了时针，只要脚步无法跟时针同步，那就算输了。用12小时的时间，来跑那么一圈，谁也熬不了啊。

这下，人们总算是明白了，原来太快跑不了，太慢也同样跑不了。于是，人们想到了分针。用1小时时间，来跑完那一圈，肯定是没问题的。等人们全都准备跟着分针跑时，公园的管理员告诉大家，这是规则中所不允许的。人们犯疑了，规则上不是明明写着不管时针、分针和秒针，只要你跟着跑完了一圈便行的吗？现在怎么又不行了呢？

原来，规则上还补充了这么一条，凡是已经参与过秒针和时针跑步的游客，便没有资格再参加分针跑步了。原来，这个节目的设计者，早就摸透了人们心灵的弱点，才敢开办这个节目的。

人生中，很多人都在跟着秒针跑，他们生怕自己一停下脚步，就被别人超过了。尽管自己根本就跑不过秒针，也尽管自己累得筋疲力尽，但依然奋力地跑着。哪怕他已经很成功了，他却从来没感到过成功，也没感到过幸福。

而有的人，却总是在跟着时针跑。也可以说，那不叫跑，而叫爬，因为时针太慢了，慢得消耗了人们的青春和斗志，但是人们依然跟在时针的后来，慢慢地爬着。因为才能得不到释放，价值得不到体现，所以也就谈不上成功，更谈不上享受幸福了。当人们终于明白，最快的秒针和最慢的时针都不适合自己，然后才想起分针时，才发现自己已经耗去了一生的精力，一切都不可能重来了。

被忽略的成功

在一个关于成功话题的讲座上，上百位听众都在认真地听讲，台上正在滔滔不绝地讲课的，是一位40多岁的女讲师。突然，一位女士站起来，打断了女讲师的话。那位女士说："老师，您刚才说，您觉得自己就很成功，那么，我想问您，您上过富豪榜吗？"

女讲师摇了摇头。那位女士又说："那么，您肯定是哪家大公司的老总了，虽然资产还没有多得达到上富豪榜的程度，但年产值也不小吧？"

女讲师又摇了摇头。那位女士接着说："您最少也有个几千万的家产，住别墅、开小车总是没问题吧？"

女讲师还是摇了摇头，说："这位女士，您还是别再问下去了，我都告诉您吧。别说是几千万家产了，就是几十万我也没有。当然，别墅、小车我也没有。"

不但那位女士不解了，所有在场的人都不解。还是那位女士说："老师，您既然什么都没有，为什么还要说自己取得了成功呢，并且，还来为我们开设所谓关于成功的讲座，您这不是在耽误大家的时间吗？"

女讲师笑了笑，说："是的，虽然我在大家的眼里什么都没有，但我并不认为我就不成功，更不认为我开设这个关于成功话题的讲座，是在耽误大家的时间。首先，我想问一问大家，难道除了上富豪榜、拥有一家大公司，或者拥有一大笔钱，住着别墅，开着小车，那才叫成功吗？"

在大家陷入沉思的间隙，女讲师又说："我之所以说我成功，并不是说我拥有以上这些，能用金钱买到的东西。我说的是，在该读书的时候，我有书读，虽然只读了个普通的大学，但我也顺利地毕业了；到了该找工作时，我努力地去找了，并顺利地找到了工作，虽然不是一份很好的工作，但我认为挺适合我；到了该谈恋爱的年纪，我也勇敢地谈了恋爱，并顺理成章地结婚了；到了该生孩子时，我也生孩子了，并尽着自己的义务在努力地相夫教子。我认为，这就是我人生中最大的成功。"

虽然大部分人依然还在沉思，但是，女讲师分明看到不少人已经动摇了。女讲师接着说："你们以前所向往的成功，那是别人眼里的成功，而我所说的成功，则是我们每个人真正拥有的成功。"

这时，会场里终于爆发出了热烈的掌声。接下来，女讲师还发现，人们的脸上原本紧绷着的面容，也慢慢地舒展开了。一些人还发出了愉悦的笑声，最后，几乎所有人都开心地笑了起来。因为，大家突然觉得，如果跟女讲师的成功标准比起来，他们几乎所有人都达到了。

人生中，其实很多人追求的，都只不过是别人眼里的成功而已，而自己真正能拥有或者说已经拥有的成功，却被人们忽略了。

　　加州扒房和比萨饼店，是二个世纪 80 年代美国有名的两家连锁餐厅，几乎成了全美白领们的消费休闲之所。加州扒房的总裁雷诺兹和比萨饼店的总裁戴比，既是商场的劲敌，又是私下的朋友，他们互相竞争，又相互敬重，数年来两家在商场的地位都是势均力敌，不相上下。

　　几乎在同时，两家公司经过市场调查，得知咖啡店的市场很有潜力，于是都想尽快占领市场。于是，加州扒房的总裁雷诺兹和比萨饼店的总裁戴比，需要做的不再是对市场的调查，而是对劲敌的调查。他们分别派出商业密探，去调查对方公司对关于经营咖啡店的真实意图。密探调查的结果很快反馈到了两位总裁的手里。

　　加州扒房的总裁雷诺兹的手里拿着的调查结果是这样的：比萨饼店是全美最有实力开发并经营咖啡店的公司，而且此次对咖啡店的开发和全美市场是势在必得。

　　比萨饼店的总裁戴比的手里也拿着这样一份调查结果：加州扒房是全美最有实力开发并经营咖啡店的公司，而且此次对咖啡店的开发和全美市场是势在必得。

面对如此劲敌，两家公司的总裁犹豫了。如果两家公司都出巨资打造咖啡店，抢占同一市场时，所产生的后果将不堪设想，轻者会影响到双方正在经营的店铺，重者很有可能会两败俱伤。很显然，这是一场危险的商业游戏。于是，双方就这样对峙着谁也不敢轻举妄动，最终，加州扒房的总裁雷诺兹决定退出，他的想法是等对方先将资金投入到宣传工作中，让后期资金跟不上时，再伺机抢夺市场。令人想不到的是，比萨饼店的总裁戴比，在加州扒房的总裁雷诺兹决定退出的同时，也宣布退出了。

结果，极为戏剧性的场景就在此时出现了：那是上个世纪90年代初，一家名叫星巴克的咖啡店，以惊人的速度抢占了市场，还没等比萨饼店和加州扒房明白过来是怎么回事，星巴克便遍布了全美。今天，星巴克公司是北美地区一流的精制咖啡的零售商、烘烤商及一流品牌的拥有者，它的扩张速度让《财富》、《福布斯》等顶级刊物津津乐道，仅仅10多年时间，就从小作坊变成在四大洲拥有5000多家连锁店的大企业。

许多人说这家名不见经传的小咖啡店，是夹在那两家著名的大公司中间捡了个大便宜，其实不是这样。俗话说，狭路相逢勇者胜，它的成功完全取决于一种勇气。当市场的美好前景已被众所周知，当许多有实力的公司还在犹豫不决的时候，那么胜利就掌握在那个敢于出击的人的手中。

有一家新建的酒店招来一批应届毕业生。可是，怎样才能将这些毕业生安排到适合他们的岗位呢？如果按照常规一个个进行选拔，显然需要很多时间和精力。而且一旦选错了人，将一个不适合这个岗位的人放在了这个位置，那受损的不仅仅是个人的前途，还关乎整个酒店的命运。

就在老板犯难的时候，一个年轻人敲开了老板的房门："虽然我们对这些新招来的人不了解，但他们对自己都非常了解。与其一个个地进行选拔，不如将所有职位列在一张纸上，让他们来挑选适合自己的工作岗位。"

酒店老板眼前一亮，这确实是个好办法。于是按照年轻人说的去做，多数人找到了自己喜欢的岗位。然后，老板再针对每个不同的岗位，有重点地进行培训。而对于少数无法确定自己岗位的人，便安排他们干些杂活，很快酒店便顺利开业了。

这时，酒店老板才想起那个年轻人来。他问："年轻人，你叫什么名字，又是干什么工作的？"年轻人回答："老板，我叫布里奇，以前跟那些人一样，也是从各地招来的应届毕业生，不过现在我的身份变了，我已经是您的人事主管了！"酒店老板听了哈哈大笑说："是的，你确实是我的人事主管，在我还没有任命你的时候，你就已经开始为我工作了，好样的！"

这家酒店的老板叫希尔顿，酒店的名字叫希尔顿大酒店。从 1919 年在美国创立至今，已从一家酒店扩展到了 100 多家，遍布世界五大洲的各大城市，成为全球最大规模的饭店之一。

而在此后的每一家新开张的酒店，希尔顿都是以这种方式来进行人事安排的。希尔顿大酒店的理念是：只有自己最了解自己，也只有能够充分地了解自己的人，才能干好本职工作！而一个连自己都懒得去了解的人，是永远也干不好工作的！希尔顿每年都要将这个建议贴出来，并告诉那些需要找工作的年轻人：要想找到一份理想的工作，首先得干好了解自己这份工作！

第四辑

穷人和富人只在一念之间

　　美国波士顿大学，社会学教授皮特，让几个即将毕业的学生，去采访他指定的一部分民众，问他们是否富有。

　　一个学生走到一幢豪华别墅跟前，按响了门铃。学生等了好半天，终于等来一个50多岁的男人，他慢吞吞地走到院子里，当他从铁门的缝隙里看到学生时，问："你找谁？"

　　学生首先说明来意，说自己是位大学生，特意来做一份调查。然后问："您觉得自己家里还缺少什么吗？"男人想了想，说："缺少的东西可多了。"学生又问："您能否举例说明？"男人于是滔滔不绝地说了起来："从小，我就向往大海，可是我竟然买不起一艘游艇。还有，我也曾经向往蓝天，可是，直到现在，我也没能拥有一架飞机。"

　　学生再问："这些可都是奢侈品，您难道就不缺少其他东西吗？比如生活中的必需品？"男人显然很痛苦，说："你难道没看到，我的左脚是瘸的吗？你觉得还有什么必需品，比得过我脚上的残疾？"学生这才看出来，怪不得等了好久，他才出来开门。

　　最后，学生问："那么，您觉得自己富有吗？"男人似乎还沉浸在悲伤之中，反问道："你觉得，一个缺少这么多东西的人，会富有吗？"

另一个学生，敲响了一家单元楼的房门，开门的是位家庭主妇。学生同样首先说明来意，并问："您觉得自己家里还缺少什么吗？"家庭主妇马上回答："可多了。我家里没有汽车，每次全家外出时，都得打的士，有时打不到的士，便只得坐公交车，而公交车站离这里很远，很不方便。还有，这套单元房也太小了，我们一直想换套大房，可是经济总是跟不上希望……"家庭主妇还要说下去，学生打断了她的话题，最后问："那么，您觉得自己富有吗？"家庭主妇毫不犹豫地回答："应该说很穷才对，怎么能说富有呢？"

皮特教授得知学生们的调查结果后，连连摇头，说："这些人都是我前几天调查过的，我调查的结果，跟你们调查的结果完全相反，不信的话，请大家观看录像。"

学生们看到。皮特教授首先来到了那个男人的家里。皮特教授说明来意后，问："请问，您家里都有什么？"男人几乎想都没想便说："这可多了，您也看到了，这幢别墅便是我的。"皮特教授点了点头，示意他继续说下去。男人接着说："我还有一辆小车，那是给我优秀的儿子买的，我还有一家公司，主要靠我贤惠的妻子打理……"

皮特教授最后问："那么，您觉得自己富有吗？"男人哈哈一笑，说："是的，我真的感觉到很富有，难道不是吗？"

皮特教授又来到了那套单元房前。开门的也是那个家庭主妇。皮特教授问："请问，您家里都有什么？"家庭主妇想了想，说："除了这套房，就是房里的家具了。您需要亲自看看吗？"皮特教授摇了摇头，说："不用看了，虽然房子小了点，但布局合理，住起来应该还算舒适。"家庭主妇说："还行吧，就是有点挤。"皮特教授接着问："您的家人很多吧？"家庭主妇说："有父母、儿子、女儿……"

皮特教授最后问："那么，您觉得自己富有吗？"家庭主妇终于露出了笑脸，说："当然富有了，有父母、孩子，怎么不富有呢？"

同样的调查对象，却有两种结果，只不过是问话的方式不同而已。人生中，如果你时时关注的，是自己拥有的，那么就会感到富有。如果时时关注的是自己没有的，那么你永远也不会感到富有。

伊壁鸠鲁演讲法

古雅典哲学家伊壁鸠鲁，在取得了一些成绩，特别是有了一些声誉之后，许多地方都向他发出了演讲的邀请。能够到各地去演讲，伊壁鸠鲁当然乐意，但是究竟讲些什么呢？一时间，让伊壁鸠鲁犯了难。

有朋友向他提出建议：当然是讲你自己想说的话呀，人家之所以邀请你去演讲，就是想从你的身上学到知识，不然，人家为什么邀请你去演讲？伊壁鸠鲁觉得有道理。

于是，他将自己的哲学思想进行了整理，并写成了演讲稿。可是，因为他研究的哲学领域非常深奥，甚至可以说晦涩，尽管他在台上滔滔不绝，但听者都无精打采。因为大家都听不懂啊，对于听不懂的话，谁有兴趣听呢？

伊壁鸠鲁发现，自己虽然讲得辛苦，但听者却打起了瞌睡，这让他的心里很难过。于是，又有朋友建议：不妨讲些别人都喜欢听的吧，只有人家喜欢听，你讲起来也才有意义啊。伊壁鸠鲁仔细想了想，觉得有道理。

于是，在再次演讲的时候，他便将自己精心搜集起来的，大家喜闻乐见的趣事、新鲜事，一股脑地讲了出来。还别说，大家一听，果然劲头十足，一个个被逗得哈哈大笑，每次演讲完毕，还意犹未尽。

可是，讲着讲着，伊壁鸠鲁又觉得不对劲了。虽然大家都喜欢听他演讲，但谁都无法从他那里学到知识。如果长此以往，那他就不是哲学家，而变成一个专讲笑话逗乐的小丑了。这让伊壁鸠鲁再次患了难。

最后，伊壁鸠鲁只得去向自己当年的老师请教。伊壁鸠鲁说："老师，我演讲时，是讲我喜欢说的东西好呢，还是讲观众喜欢听的东西好呢？"老师说："以别人喜欢听的方式，来讲自己想说的东西，最好。"

伊壁鸠鲁恍然大悟。从此，他将自己研究的哲学，当成小段子、小笑话，来向大家演讲，不但深受观众喜爱，而且还宣扬了自己的思想。

任何人的生活，都离不开社交，而社交总是需要讲话，来达到与人沟通的目的。如果一味地讲自己喜欢讲的话，不管别人乐不乐意听，未必有人能真正听进去。如果一味地讲别人喜欢听的话，不管是不是自己想说的，别人虽然能听进去，但因不是自己想说的，未必对自己有益。所以，最好的沟通，是以别人喜欢的方式，来讲自己想讲的话。

在一堂物理课上，老师指着两个大箩筐，对同学们说："这两个箩筐里，一个装满了圆球形的物体，一个装满了方正形的物体，请同学们分别将两种物体堆积起来，看哪种物体堆积得更高。"

同学们纷纷走上讲台，并用两种物体堆积了起来。有的拿了圆球形，有的拿了方正形。结果很明显，用圆球形物体根本就堆不起来，只要往上一堆，马上便滚了下来，而用方正形的物体，很快便堆起了一座座小山。

最后，老师说："圆球形代表的是圆滑的性格，方正形代表的是有棱角的性格，尽管圆滑的人能左右逢源，但有棱角的人绝对会攀得更高。"

在我们的生活中，特别是人际交往中，很多人主张灵活圆滑。他们通常都能周旋于人情世故之上，把工夫练得世故老到，对上司既不露声色，又不显阿谀，对同事就会你好我好大家好，谁也不得罪。

历史上"冲冠一怒为红颜"的吴三桂，可谓圆滑性格的典型人物。

在明末清初风云变幻的历史舞台上，吴三桂恰好处在夹缝之中，对于别人来说，那是左右为难，可吴三桂却能左右逢源。吴三桂的性格，注定了他只能充当走卒炮灰，成不了大英雄。他的失败就在于他圆滑的"墙头草"性格，使他无法形成独立的政治纲领和目标，无法长期团结一批有识之士，获得长久的影响力和号召力。

而处在同一时期的皇太极就不同了，他可以说是方正性格的代表。当皇太极继承汗位之后，和代善、阿敏、莽古尔泰三大贝勒共理政务。当时实行的是"按月分值"制度，即"三大贝勒"加上皇太极四人，每人值一个月的班，国中的一切事务，由当月的值班贝勒掌理，实际上就是四人轮流执政。

如果皇太极，以谁都不得罪的"圆滑"态度，来对待这种关系，那么国家政权迟早会四分五裂，最后，当然是有着棱角分明性格的皇太极，采取了权力集中制，最终巩固了政权。

低调式的圆滑，固然损害不了自己的利益，但如果全社会的人都保持这种姿态，那么这个世界也就毫无生气可言，更谈不上发展了。

而有棱角的人，首先要的是活力，做事雷厉风行，不显拖沓，用充沛的精力，来处理好各类事情。但棱角也有其缺点，那就是，有时会因盲目实施计划，而碰得头破血流。

所以，最好的性格是可以圆滑，但不能没有棱角，适当彰显个性也是可以的；可以有棱角，但要依势而行，不作无谓的牺牲品。

烦恼如挠痒

有一个年轻人，跑去向智者倾诉烦恼。年轻人说了很多，可智者总是笑而不答。等年轻人说完了，智者才说："我来给你挠一下痒吧。"年轻人不解地问："您不给我解答烦恼，却要给我挠痒，我的烦恼与挠痒有什么关系呢？何况我并不需要挠痒！"

智者说："有关系，并且关系大着呢！"年轻人无奈，只好掀开背上的衣服，让智者给自己挠痒。智者只是随便在年轻人的身上挠了一下，便再也不理他了。年轻突然觉得自己背上有一个地方痒得难受，便对智者说："您再给我挠一下吧。"

智者于是又在年轻的背上挠了一下。可是，年轻人觉得这里刚挠完，那里又痒了起来。便求智者再给自己挠一下。就这样，在年轻人的要求下，智者给年轻人挠了一上午的痒。

年轻人走的时候，智者问"你还觉得烦恼吗？"整整一上午，年轻人都在缠着智者给自己挠痒，居然将所有烦恼的事情都给忘记了。于是，摇了摇头说："不烦恼了。"智者这才点头笑了。

可是，年轻人还是觉得奇怪，那么多烦恼的事情，怎么就被智者挠几下痒便给挠没了呢？智者说："其实，烦恼就像挠痒，你本来是不觉得痒的，但是如果你闲来无事，去挠了一下，便痒了起来，并且越挠越痒。烦恼也是一样，本来你不觉得烦恼，只是如果你闲来无事时，去想了一些令自己烦恼的事，你便开始烦恼了起来，并且越想越烦。"

年轻人似有所悟。智者接着说："烦恼最喜欢去找那些闲着没事的人，一个整天忙碌着的人，是没有时间去烦恼的！"

泥泞处才
能将脚印
留深

一个年轻人找到哲学家，向哲学家请教成功的秘诀。哲学家反问年轻人，说："你认为怎样才算成功呢？"年轻人说："我认为那些企业家，影视明星，还有作家这些都是成功的人。特别是像您这样著作等身，声名远播的哲学家，更是我心中的成功者。请问，我怎样才能做到像您这么成功呢？"

哲学家家没有说话，只是让年轻人跟自己到外面去走一走。在外面，哲学家专挑泥泞处走，年轻人不解地问："您这是带我去哪里呀，有平坦的大路不走，怎么尽往坎坷泥泞处走啊？"哲学家说："我这是在告诉你，要想脚印留得深，就别尽拣光滑舒适的路走！"

不可缺少的管理大师

戴维开了一家小型工厂，因为自己忙于产品销售，结果工厂疏于管理，致使效益极低。这天，正为此事烦恼的戴维，突然被一阵敲门声打断，原来是厂里的几位中层干部。他们曾多次跟戴维提出，因为他们的水平有限，如果要想将工厂经营好，必须再请一位大师级的管理人员才行。

为了工厂的利益，戴维只得点头答应了。几天后，戴维便将一位大师级的管理人员带了回来。管理大师一进工厂，他的一言一行便遭到了全厂工人的紧密关注。管理大师的穿着极其普通，并且待人也极其和善，跟每一个见面的人都点头微笑，只是话语极少，他总是用自己的行动来代替讲话。

每天早晨，管理大师起得比任何人都要早，他首先将工厂的操场打扫干净，然后，进入工厂，将每台机器都仔细地擦拭一遍，再然后，他会将每一个员工的座椅和生产工具都擦拭干净。

管理大师的行动在员工中产生了巨大的影响，不但是普通员工，就是那些中层干部也感到实在是太丢脸了，居然让管理大师亲自来为大家打扫卫生。可是，无论大家怎么劝，管理大师就是不肯放下手中的扫把。一连好几天，管理大师都在干着同样的工作，那就是打扫全工厂的卫生！

既然管理大师都这么毫无架子，亲自去干这些粗活，那么其他人还有什么理由不好好工作呢？很快，工厂的效益就上去了。效益一天天转好，那几位中层干部也很高兴，并向戴维祝贺，祝贺他找到了一位称职的管理人员，大师就是大师，出手不凡啊，一来就将工厂的效益搞上去了。

戴维莫名其妙地问："管理大师？我还没有去找啊，哪里来的管理大师？"这下轮到几位中层干部惊讶了："难道那位被您带回来的不是管理大师吗？"戴维这下明白了："你们说的是那位清洁工吧，那是我的一位远房表亲，他是一位农夫，因为农场现在没活干了，所以来我的工厂求一位清洁员的工作，于是我就答应他了。"

很多人之所以反反复复都干不好一件事，并不是因为缺少能力，而是因为缺乏自信！

神树之死

尼日尔有一株金合欢树，它活了 1800 年。这棵树生长在尼日尔北方，撒哈拉大沙漠那一望无际的沙海之中。根部扎到沙海深处 30 米以下，虽然它的主干弯曲，而且粗糙，绿叶也不多，但枝干旺盛，年年都生枝发芽。它是唯一在这里生存下来的古树。

对于这株树如此长寿的原因，科学家曾经做过各种研究，却始终找不到答案。这里常年干旱，日间与夜间的气温相差太大，白天的气温高达 60 摄氏度，晚上则低至零下 40 摄氏度，而且天气变化很快，几分钟前，还是骄阳似火，几分钟后竟然是狂风暴雨，有时还夹带着冰雹和风沙。这里的环境并不适合金合欢树的成长，但是这株金合欢树虽然浑身伤痕累累，却顽强地生存下来。受到沙漠严重威胁的尼日尔人民，将它视为"神树"，当地图阿雷克族人把它作为生命的图腾。

这株金合欢树成为那片沙漠的里程碑和灯塔，从树旁经过的车辆和驼队，都自发地担当起保护这株金合欢树的重任。他们根据其他金合欢树的生长特点，对这棵树进行护理，先将残枝败叶修剪干净，在它的根部堆上泥土。然后，每个人将自己珍贵的饮用水拿出来，给树灌溉，还给树立起了屏障，以便遮挡风沙和冰雹。

可是，仅仅一年时间，这棵树便枯萎了。得知它的死讯，尼日尔人一片悲声。此时，科学家们终于找到了答案，因为1800年来，那棵树已经习惯了恶劣的生长环境，由于人们善意的爱护，那树不必再与环境抗争，结果反而丧失了生命。它不是死于风沙、干旱、高温、严寒、冰雹的摧残，而是死于人们的精心护理。

消失的歌声

　　一个旅行家，因为爱好旅行，所以不惜用大半生的时间，去全世界寻访名山大川。每到一处，他都会被那里的风景深深地着迷，而流连忘返。而最令他着迷的，还是山里溪水的歌声。

　　于是，到后来，旅行家每到一处大山，都会首先跑去山涧，看那蜿蜒而潺潺的溪流，听溪水那悦耳的歌声。每每一听，就是好长时间，就是天黑了也不忍离去。那溪水的歌声，实在是太好听了。旅行家为了每天都能听到溪水的歌声，干脆不再看别的风景，一心寻访大山，并且只去有溪流的地方。

　　可是，就是这样，旅行家还是不满足，他想，现在自己还能行动，等哪一天，自己走不动了，那不是就听不到这美妙的溪水的歌声了？旅行家想了很久，终于想出了一个办法。那就是将溪水用水壶装起来，带回家去。等自己老了，哪里也去不成了，便坐在家里听溪水的歌声。因为每个地方的溪流特点不一，溪水的歌声也不一样，所以，旅行家每到一个地方，便要装一壶溪水带回家去。这样，他便能听到世界上每一条溪流，所发出的不同音质与声调的歌声了。

当装满溪水的水壶，挤满了旅行家的房间时，旅行家也老得走不动了。旅行家决定将多年来，自己精心收藏的水壶打开，来听一听溪水那美妙的歌声。可是，除了一股恶臭之外，他却没有听到任何声音。

　　旅行家急了，并将所有水壶一一打开。除了更多的恶臭之外，他依然没有听到任何声音，就更别说那美妙的溪水的歌声了。

　　这是怎么回事呢？旅行家百思不得其解。他不知道，很多跟旅行家一样的人，也不知道。在这个世界上，很多美好的东西，你跟所有人一样，能看得到，摸得到，也能感受，并且享受得到，但是，只要你试图占为己有，它便会消失得无影无踪。

波士顿的感恩墙

波士顿位于美国东北部，濒临大西洋马萨诸塞湾，地跨查尔斯河和密斯蒂河的河口，是美国新英格兰最大的港口城市和马萨诸塞州的首府。波士顿下辖 77 个城镇，城市面积为 124 平方千米，市区人口约 64 万。

在美国人的心目中，波士顿是个既年轻又古老的城市。在城内林立的高楼间，不时能见到几座有关美国历史的建筑，崭新和古老在波士顿得到微妙而和谐的统一。

许多旅游者来到波士顿都会对这里的建筑赞叹不已，可是，最令人着迷的还数一垛名不见经传的监狱的墙壁，墙壁上写满了感恩的文字。

监狱早已废除，政府几次想将那垛墙拆了，理由是波士顿是美国最重要的文化城市之一，市内有很多著名大学、研究机构和文化艺术团体，并享有"美国的雅典"之称，不能让那些犯罪分子的话影响了学子的心理健康，让来自世界各地的游客笑话。

政府的这一举措不仅没有得到市民的拥护，反而招来了市民的强烈不满。市民的理由是，感恩没有错，人人都有感恩的权利，不管是罪犯还是普通人。那垛墙壁在市民的强烈要求下保留下来。

那垛墙上的留言是这样的：

我叫菲利浦·莱吉尔，我现在很后悔没有听老师的话而犯了罪。但是，不管怎样，我还是要感谢我的老师内特·湍梦德。

我叫艾尔·汉里，父母离异，没人管我，所以我跟坏人去抢劫。我不恨我的父母，是我自己不懂得珍惜。

还有一些游客的留言：

我叫奥斯汀·卡尔，我要感射的人是一个叫艾丽亚娜·西里的小女孩。我40岁那年公司破产，差一点跳崖自杀的我被在山坡上玩耍的艾丽亚娜·西里那真诚的笑容感染而放弃了自杀。

我叫阿曼达·普莱斯，我是个一出生便不能走路的女孩，虽然坐在轮椅上的日子很艰难，但我还是要感谢我的父母，感谢他们给了我生命，活着总是美好的。

事情传开后，不但在波士顿，甚至在整个美国都掀起了一股感恩的热潮。那垛墙上再也写不下一个字了，人们便直接给自己感恩的人写信、写明信片，或者将自己感恩的话语写在日记里。每个人的心里都在这样想着，拥有一颗感恩的心是多么美好！

物质不能只比

1960 年，美国因贫富差距悬殊，产生许多社会矛盾。穷人不但仇恨富人，还对政府有抵触情绪。为缓和社会矛盾，美国政府曾想了许多方法。比如，给富人增税，给穷人增加福利；提高汽车、豪宅等奢侈品的售价；在穷人密集地设廉价超市等。但是，收效甚微。

有一天，一个叫罗伯特的电视记者，拍摄到这样两组画面：一组的主人公是一家公司的总经理，此人在办公室里超负荷地忙碌着，虽然西装笔挺，但神情憔悴、满面疲惫。另一组的主人公，是一位在写字楼工作的清洁工，他身着蓝色帆布衣服，破旧但不脏乱。只见他一边清扫垃圾，一边哼着俄罗斯乡村歌曲，一幅怡然自得的样子。

总经理是美国典型的富人代表，而清洁工是美国典型的穷人代表。这两组镜头在电视上播出之后，奇迹出现了：许多穷人不再仇恨富人，居然还有很多富人开始羡慕穷人的生活。

很多政府官员和社会学专家都觉得奇怪，仅仅是两组极普通的镜头，怎么就有这么大的威力，使政府耗巨资无法解决的问题得以轻易化解？

罗伯特道出其中的秘密："以前，许多镜头都习惯于对准富人的资产和穷人的疾苦，矛盾便出现了。我将镜头对准富人和穷人的内心，富人因为欲望太多，所以神情疲惫；穷人因为生活简单，所以满脸自得。富人和穷人不能只比物质，还要比幸福感。

豁达的人

最近，美国一家民间社团，因为要评选出最豁达的人，所以举办了一个活动。该社团组织了一批人去贫民窟进行了参观。

那里的房子大部分都属于危房，一个不足 30 平方米的房间，通常要挤一家 4 口，或者更多的人。平均每家还没有一人有正式工作，而患有重大疾病、生活不能自理者，却每家至少占了一个以上。

那里的卫生条件也很让人忧心，因为房屋破旧，人口居住密度大，所以成了老鼠和寄生虫的乐园。特别是在面对患病者和失学儿童，那无助的眼神时，很多人都流下了眼泪。临走时，人们纷纷解囊，不少人在捐出身上的所有后，还答应回家了定期进行捐助。

接着，该社团又将人们带去一处高档社区进行参观。那里的建筑都是一栋栋豪华的别墅，几乎每幢别墅都配有游泳池和花园，别墅不但装修精美，而且设施齐全。平均每个花园里，最少停有两辆高级轿车。

在高档社区参观的时候，该社团同样对前去参观的人们进行了暗中拍摄。从拍摄的画面中可以看出人们的表情。几乎所有人的表情都很愤怒，眼中充满了怒火。有几个人甚至还试图毁坏社区里的某些设施。

最终，那家社团宣布，在近 500 个参赛者中，居然一个豁达的人也没有。于是，很多在贫民窟捐过款的人觉得不公平。该社团给出的意见是：豁达的人，不仅要对弱者充满同情，在面对别人成功的时候，也不会眼红。

靠山靠水靠自己

明代文学家冯梦龙的《醒世恒言》里，有一句："靠山吃山，靠水吃水。"意思是说，自己所在的地方有什么条件，就依靠什么生活。

1634 年，冯梦龙任福建寿宁知县时，曾微服去民间采风。一次，他来到一处大山，因走得累了，想停脚歇息一下，突见一茅屋，便过去跟人家讨口水喝。在喝过水、歇息一阵之后，冯梦龙便与茅屋的主人交谈起来。冯梦龙问："你身处大山，怎么生活呢？"那人说："我还能干什么，靠山吃山呗。"原来，那人是一个樵夫，每天靠从山上打柴挑去集市上卖了，换来一些微薄的收入生活。

随后，冯梦龙遇到了一富户。冯梦龙觉得奇怪，这么偏远的山区，居然还有这么富有的人，于是便问那人："你身处大山，怎么生活呢？"那人说："靠山吃山呗。"原来那人在山区开了家旅馆，专门接待那些来此采风的文人墨客，结果赚了大钱。

还有一次，冯梦龙来到海边采风。在观光了大海的风景之后，便随意上了一条小木船，冯梦龙问木船的主人："你住在水边，怎么生活呢？"那个说："靠水吃水啊。"原来，那人是个打渔的，每天划着一条小木船，沿着风小的海边也能打捞一些小鱼小虾，拿去集卖了，勉强度日。

　　随后，冯梦龙遇到了一条大船，又问大船的主人，是怎么生活的。大船的主人也说是靠水吃水。原来，那人是专门做货运生意的，靠着这里丰富的水运资源发了大财。

　　回到县衙，冯梦龙写了一句："靠山吃山，靠水吃水。"可是，刚刚写完，又觉得不妥。为什么都是靠山吃山，靠水吃水，有的人生活得好，有的人却生活得不好呢？随后，他又写了一句："靠山靠水，不如靠自己。"因为他觉得，虽然表面上看，大家都靠山吃山，靠水吃水，但其实都是依靠着自己的本事在吃饭。那些有本事的人，便生活富足，而那些没本事的人，总是生活艰难。

逆流而上的桨

一家工厂，业务发展得非常好。上至厂长，下到员工，几乎都在尽职尽责地工作，但有三个人，却整天无所事事。大家看在眼里，虽然嘴上不说，但心里还是不痛快的。凭什么人人都在忙碌，他们三个人却无所事事？更让人不能接受的是，那三个人，一个人只有一只眼睛，一个人的左手少了两个指头；另一个人的脚还有点跛。

有胆大的终于向厂长提出了意见，厂长只是点了点头，便再也没说什么了。见厂长都没说什么，很多人就不再提意见了。可是，时间一长，又有人开始向厂长提意见了：大家都有事做，都在为厂里努力地工作，而那三个人却没有具体的工作，不是这里看看，就是那里逛逛，既不像门卫，也不像保安，更不像清洁工。我们厂有必要养这么几个闲人吗？

一天深夜，厂里突然响起了尖利的警报声。有人喊地震了，有人喊泥石流来了，还有人喊，起火了……总之，工厂里是乱成了一锅粥。这时，只见三个身影就像三只猛虎，既敏捷又镇定地从纷乱的人群中走了出来，他们一边大声喊着让人们不要慌乱，一边扶老携弱地指挥人们有序地转移。很快，全厂便转移到了安全地带。

这时，人们才看到厂长手持探照灯和话筒站在了高处。厂长说，大家不要慌乱，刚才只不过是厂里的一次预防灾难的演习，那个警报是我拉响的，在拉响警报之前，只有我一人知道这是演习。大家也看到了，那三个人在灾难来临时的表现。

不知道大家有没有看过这么一则寓言故事：在宽阔的江面上，渔船撑起白帆顺流而下。白帆鼓满了风，推送着渔船飞速前进，白帆得意极了。于是，它嘲笑起躺在船舷旁的木桨了："木桨啊，你这个又无能又懒惰的家伙，渔船冲波踏浪，飞快地前进，全靠有我这张帆！你呢？什么事情也不能干，只会躺在那里睡懒觉！"木桨一声不吭，好像真的睡着了。傍晚，渔船要返航了。渔夫解开缆绳，白帆"刷"地从桅杆上落下，卷了起来。接着，渔夫拿起木桨，点破江水，划动起来，渔船便调过头返航了。白帆焦急地喊起来："为什么把我卷起来呢？为什么在使用那无能的木桨呢？"木桨带着哗哗的水声，说："顺风时船只靠你前行，而逆风时，却要靠我啊！"

厂长接着说，那三个人，虽然平时看起来无所事事，但他们却是那逆流而上的桨。大家不知道，这三位可都是了不起的人物啊，在来我们工厂之前，都曾立下了大功。第一位在一次大火中，他一人就救出了二十几个人；第二位是在一次洪水中，他临危不惧，迅速组织几百人脱离了险境；第三位在一次地震中，两天一夜，他用双手从瓦砾中挖出了十几个人，成功救出了十几条生命。他们的手伤、眼伤和脚伤，都是为了挽救他人的生命而留下的。他们是这个社会的英雄，难道我们能看到英雄因找不到工作而流落街头吗？更何况他们还是我们生命的保护神。我们的工厂其实就是一艘船，船只不能缺少白帆也不能缺少木桨。顺风时，我们需要白帆，但逆风时，我们却需要木桨！

这时，在深夜的一束火光中，围在厂长身边的人们突然鼓起了掌。响彻云霄的掌声久久地回荡着，回荡着，不肯散去……

为成功让路的缺陷

在 2009 年春节联欢晚会上，有一档节目令人耳目一新。那是一个叫刘谦的小伙子表演的魔术节目，他居然将主持人手上的一枚钻戒，变到了一个完好无损的鸡蛋里去了。当鸡蛋打碎时，那枚钻戒也跟着蛋黄一起滚入了盘子，此时观众席上立即响起了如雷的掌声。跟他表演的魔术节目同样精彩的还有他帅气的模样、开朗的笑脸、纯熟的手法、机智的应对和诙谐的语言。

谁也想不到，在台上如此风光，迷倒了亿万观众的刘谦，在现实生活中却是一个非常平凡的人。瘦小纤弱的他总是喜欢架一副黑框眼镜，发丝散乱地披在额前，几乎看不清楚眼睛。黑色的戴帽上衣内搭一件白T恤，一条很平常的黑色工装裤。如果走在大街上，谁也不会相信，他是一位曾多次获得国际大奖的魔术大师。

令人觉得奇怪的是，刘谦还存在很多缺陷。那就是自闭、孤僻、神经质。从小他就不喜欢说话，平时不管身边有多少人，他也总是一个人坐在那里闷闷不乐，有时脸上还会无缘无故地显示出焦躁的神情来。他的父母还曾到处为他求医问药，可就是不见好转。

更致命的缺陷还有两个：一个是他的右手臂比左手臂长了 2 厘米，那是他 18 岁的时候发现的。那天他到一家服装店买西装，试了一件，两边的袖子不是一样长，他又换了一件，还是不一样长。最后店员只好给他量了手臂的长度，结果问题出在他的身上。还有一个是他的手特爱出汗。不管是紧张还是兴奋，都能导致他只消一分钟手心里便会变得水汪汪的了。这两个缺陷是他表演魔术的头号杀手。

　　在刘谦学习魔术的初期，就有人预言，以刘谦的性格和他身上的那些缺陷，他是不适合学习魔术的，如果硬要走这条路，最终他将会一事无成！可是，现在的情况却恰恰相反，刘谦奇迹般地成功了。他不但被电视台争抢着去做节目，而且他写的关于魔术类的书籍也在全国的书店卖到脱销。

　　有记者不解地问他，究竟是怎样战胜这些重重包围着他的缺陷，而获得成功的？刘谦平静地回答："是兴趣，只要一个人对某件事情产生了兴趣，不管是什么困难都会向他让路的！"

理想生活的标准答案

上世纪 80 年代，村里人干活时都还在用肩挑手提时，有人竟然开上了手扶拖拉机。手扶拖拉机干起活来，要顶几十个劳动力呢，于是，他成了村里的富人。

于是，大家都羡慕地对他说："有了这个铁家伙，干起活来多轻松呀，你真能干！"谁知那人竟然一脸愁苦的表情，说："能干什么呀，我正烦着呢？"人们不解地问："你还烦呀？那我们还活不活呀？"那人说："你没看到城里停满了小货车吗？我正在为购买小货车还差钱而烦着呢。"

不久，人们发现富人还真开了辆小货车回来。很多人去向他道喜，说："这下如愿以偿了吧，我们连手扶拖拉机都没有，你却开上小货车了，真是了不起呀。"

人们原本以为这下他会开心了，没想到，他还是一脸愁苦的样子，说："小货车是有了，可停在哪里呀，连个车库都没有。"那时，大都是泥瓦房，就算有个院子，也是篱笆墙，人们甚至连"车库"这个词都没听说过，更别说它有什么用了。

几年后，当人们看到他盖起了小洋楼，并且还在一楼设了个大车库，这才明白，原来车库是用来停放小货车的。当大家见到他时，发现他依然一脸愁苦的表情，人们不禁要问："你不但有了车库，连小洋楼都有了，还有什么不高兴的呢？"他叹了口气说："大家不知道，我早就想买一辆大卡车，可是现在还差不少钱呢！"

在富人的隔壁，住着另一户人家，他是村里典型的贫民代表。住的是几十年前建的泥瓦房，劳作时，除了肩挑手提外，便得靠那头牛了。因为与富人挨得近，自然地，他的境况便与富人形成了强烈的对比。有人问："人家都买小卡车了，你还在肩挑手提的，不觉得累呀？"他乐呵呵地说："不累不累，不是还有一头牛跟我一起干活嘛。"

别人又问："人家都住上小洋楼了，你怎么就不想改善一下自己的居住环境呢？"他又乐呵呵地说："都住了几十年了，早习惯了。"

别人再问："人家都快买大卡车，可以挣大钱了，你不羡慕吗？"他还是乐呵呵地说："他每天是三顿饭，我不也没饿着吗？"人们觉得，这人真是没救了，纷纷摇头叹息而去。

在常人眼里，两人的贫富一目了然，因为富人一直在努力奋斗，并且过上了物质充裕的生活。而穷人则得过且过，并且物质生活贫乏。

但在哲人眼里，却完全相反：富人虽然生活富足，但却有一颗贫穷的心——内心装满愁苦，一生没有快乐过。而穷人虽然生活贫困，但却有一颗富有的心——内心装满快乐，一生不知愁滋味。

有人要说：我不想活得像富人那样，虽然有物质，但却不快乐，也不想活得像穷人那样，虽然快乐，但却没有物质，怎么办呢？像这么理想的生活，在现实生活中究竟有没有？有。标准答案是：进取，但知足。